KB206646

퇴직한 선배 언니의 똥 볼 찬 이야기

워킹우먼, 일 하지 말자

윤설희 지음

인생
산책

추천사

누구에게나 깨지 못한 유리 천장 하나쯤은 가슴에 품고 사는게 우리의 생이다. 하지만 유리 천장도 나름이다. 윤설희 작가의 글을 대할 때마다 그 두껍고 투명한 유리 천장 밑에서 그가 흘렸을 땀과 눈물을 본다. 체험에서 우러난 그의 글은 우리가 사는 세상을 떠올리게 한다. 굳이 여성이나 샐러리맨이 아니어도 세상과 섞이고, 사람과 마주하는 이들이라면 꼭 한번 읽어보라고 권하고 싶은 책이다.

_김성곤 (공생공사닷컴 대표)

오랜 기간 유한킴벌리에서 일하면서 다양한 여성 리더들을 만났다. 대부분의 여성 리더들은 업무 몰입도가 대단히 높았고 목표를 달성하려는 의지와 노력이 뛰어난 리더들이었다. 그러나 일과 목표에 집중하다 보니 타부서와 그리고 부하 직원들과 관계가 매끄럽지 않아 화합에 어려움을 겪은 여성 리더들이 있었다. 이 경우 부하들의 이탈현상도 발생했고 결국 능력을 충분히 발휘하지 못했다.

이 책에서 말하는 일:관계에서 일 중심의 리더들이다. 철저히 업무 실력으로 무장하고 일로써 승부해야 한다는 그들의 강박관념이 안타까웠다. 직급이 올라갈수록 타부서와의 협업, 부하 직원과 동료들과 좋은 관계를 유지하는 관계 형성 능력이 업무 수행에 가장 중요한 요소이기 때문이다.

나는 여성들은 고유의 강점으로 조직을 잘 이끌 수 있다고 생각한다. 이 시대에 필요한 '감성리더십'이 그것이다. 사람의 마음을 읽는 능력, 상대의 말을 경청하고 개개인의 상황을 파악하고 배려하는 능력이 요즘 시대에 꼭 필요한 리더십이 아닐까 생각한다. 여성들이 타고난 능력으로 충분히 성과를 내면서 조직에도 기여할 수 있으리라 확신하며 모든 워킹우먼들을 응원한다.

_최규복 (사단법인 CEO지식나눔회장, 전)유한킴벌리 대표이사)

코칭 공부를 함께 하면서 알게 된 윤설희 코치님에게 처음 도움을 받은 경험은 7년 전이다. 제약회사 대표로서 임원에 대한 문제로 한참 고심하고 있을 때였다. 코치님은 리더로서 나의 역할을 상기시켜 주었고, 본인의 경험과 연륜에 기반한 날카로운 통찰력으로 방향성을 정하는데 큰 도움을 주었다.

이후에도 나는 회사 대표로서 부딪히는 여러가지 어려움과 고민의 무게가 한계에 달했을 때 윤코치님에게 달려갔다. 코치님은 코치로서, 선배로서, 때로는 나를 아끼는 언니로서 진심 어린 코칭과 조언을 해 주었다. 특히 상황을 회피하지 않고 직면하는 용기를 주었고 최선의 선택을 할 수 있도록 도와주었다.

이번에 직장생활의 경험과 다양한 코칭 사례를 엮어서 책으로 내신다고 하니 반가운 마음이다. 직장생활을 하면서 고민하고 부딪힐 수 있는 여러가지 현실적인 문제들, 리더로서 역할과 사람들과 관계 등 필요한 지혜와 통찰력을 듬뿍 얻을 수 있는 값진 선물이 될 것이라고 믿는다.

_배경은 (사노피 한국·호주·뉴질랜드 제약총괄 및 다국가 리드, 글로벌 제약산업협회 회장)

이 책은 워킹우먼을 위한 지침서이자 위로와 통찰을 주는 선물이다. 윤설희 코치님의 직장생활의 도전과 성취, 그리고 성장의 여정을 담은 진솔한 이야기를 글로 만나게 되어 반가운 마음이다. 윤코치님은 진정성 있는 소통과 깊이 있는 통찰로 주위에 영감을 주는 존재이다. 제목부터 명쾌한 이 책에서 저자는 자신의 성공뿐 아니라 실패 경험도 솔직하게 풀어내며, 직장에서의 어려움과 이를 극복하는 방법을 상세히 설명한다. 또한 직장 내 관계와 리더십에 대한 깊이 있는 시선과 따뜻한 조언은 리더로 성장하고자 하는 여성들에게 실질적 도움이 될 것이며, 보다 나은 조직문화를 만드는 데에도 기여할 것이라 기대한다.

_박소영 (삼성전자 People팀 성장지원파트장, 리더십코치)

나는 윤부사장님과 같은 조직에서 임원과 직원으로 인연을 맺었다. 또한 나는 이 책의 몇몇 스토리의 주인공이기도 하다. 윤부사장님은 여성리더에 대한 교육이 전무했던 조직에 여성직원만을 위한 교육의 기회를 제공해 주셨고 코칭과 멘토링에도 많은 시간을 내 주셨다. 이 책의 대부분은 그때 함께 모여 나누었던 워킹우먼의 일과 직장, 그리고 자기관리에 대한 내용이다. 당시 나를 포함하여 많은 여성직원들이 길 잃은 사막에서 오아시스를 만난 것처럼 방향을 다잡고 위안을 얻었다. 이제 그 이야기들을 책으로 만나게 된다니 기쁘다. 더 많은 여성들이 지혜와 위로를 얻을 수 있기를!

_김정애 (KB라이프생명 DM사업단 책임매니저)

"여자 상사의 웃음에 속지 말고, 남자 상사의 버럭에 신경쓰지 말자." 내가 5년전 이 책을 읽었다면 분노의 눈물을 흘리지 않았을텐데. 이제서야 책을 출간한 윤설희 선배님이 야속하다. 이 책은 나와 같은 여성 조직장들이 MZ세대 부서원들과 베이비부머 상사들과 부딪히며 날마다 겪는 일상의 경험을 유쾌하고 명쾌하게 풀어낸다. 있어빌리티한 이 책을 만난 당신은 이미 'It's ability.' 내가 존경하는 멋진 선배언니가 들려주는 이 책은 나 같은 여성 중간관리자들에게 지혜와 위로를 건넨다.

_민희순 (삼성전자 품질실, 프로젝트 리더, 수석 연구원)

일과 배움에 있어 나 자신을 몰아붙였으나 결과는 실망스러웠고 기운이 빠지는 날이 많았다. 그때 만난 윤코치님은 "결과는 당장 눈앞에 나타나지는 않지만 노력한 과정은 차곡 차곡 쌓이고 나는 어느덧 거인이 되어 있을 것이다"란 말을 해 주었다. 지친 내가 가장 듣고 싶었던 위로의 말이었고 나는 다시 힘을 낼 수 있었다. 완벽함을 쫓으며 전진하는 나와 같은 워킹우먼들에게 나눠주고 싶은 책이다. 완벽함보다 더 중요한 것은 스스로를 믿고 도전하는 용기임을 다시 한번 기억하고 싶다. 'Brave! Not perfect'

_전선희 (LG전자 CTO조직문화팀 책임, LG그룹 인터널 코치)

　몇 해 전 평생직장을 떠나 온실 밖 세상으로 나왔다. 현재는 퇴직 전 우연히 접한 코칭을 두 번째 업으로 삼아 전문 코치로 새로운 길을 걷고 있다. 코치가 되어 비즈니스 현장에서 고객들을 만나니 지난날 미숙했던 내 자신을 되돌아보게 된다. 또한 내가 부딪혔던 어려움을 아직도 겪고 있는 기업 여성들을 보게 된다. 그동안 세상이 몇 바퀴 돌았고 큰 판이 바뀌었는데도 여성 후배들은 여전히 같은 고민을 가지고 있다. 왜일까?

　이 책은 나의 직장생활 중 최고 사건인 갑작스러운 승진과 그 후유증으로 시작한다. 나는 남보다 빠르게 승진했으나 기회를 살리지 못하고 수시로 넘어지고 똥 볼을 찼다. 지혜롭게 직장생활을 하기 위해 정말로 중요한 것은 무엇일까? 그것을 미리 알았다면 나는 어떤 리더였을까? 나는 이 책에서 워킹우먼으로서 중요한 것을 놓치고 실수한 나의 사례를 소개한다.

직장은 언젠가 졸업하지만, 가정과 나에 대한 졸업은 없다. 이런 이유로 워킹에 앞서 남편, 시댁, 자녀와 건강한 관계를 맺고 자신을 돌봐야 한다는 점부터 설명한다. 아울러 워킹우먼의 직장 내 현실을 조명하고 그 한계와 변화의 필요성도 언급한다. 끝으로 긴 조직생활을 빠져나와 전반부 인생의 흔적들을 리모델링하고 다시 출발하는 또 다른 여정을 이야기한다.

이 책은 한 번에 쓴 것이 아니다. 퇴직 전 지인 부탁으로 직장생활의 고민에 대한 칼럼을 하나씩 쓰게 되었다. 그렇게 모인 글들을 새롭게 다듬고 정리했다. 필력이 검증되지 않은 나에게 칼럼 자리를 과감하게 내 준 인터넷 신문사, 공생공사닷컴 김성곤 대표께 감사드린다.

말하기만 능했지, 글쓰기는 처음인 나를 위해 내 글을 첫 번째로 읽어 준 특별한 독자가 있다. 이런저런 참견을 해주고 참신한 제목도 뽑아준 나의 34년 이불 친구, 유성은 작가에게 고마움을 전한다.

현직에 있을 때 나를 코치로 입문하게 한 후배, 전 이화여대 리더십개발원 문효은 교수도 고맙다. 문 교수는 연이은 승진 탈락으로 열 받아 있는 나를 달래며 코치의 길로 안내했다.

입사 첫날 만나 조직생활 내내 지켜봐 주셨고 해고 통보를 받은 날도 고개 숙인 나를 위로해 주신 나의 첫 상사, 이종화 감사님께 깊이 감사드린다. 은퇴 후 어떻게 살아야 하는가를 몸소 보여주신 존경하는 나의 멘토이시다.

완벽하지는 못했지만 충분하게 직장생활을 할 수 있게 뒷받침해 주신 강정자 여사께도 감사드린다. 회사에서 잘린 내 모습에 나보다 더 서운해하며 눈물을 보이신 어머니다. 또한, 어릴 때부터 지금까지 말없이 나를 응원해 주는 윤경희 집사에게도 감사드린다.

나의 첫 번째 코칭 고객이었던 유 사무관도 고맙다. 코칭 이론을 배우고 막 실습을 시작할 때 주말마다 나의 고객이 되어 주었다. 미숙한 코칭이라도 모든 코칭은 효과가 있음을 보여준 나의 가장 소중한 평생 고객이자 사랑하는 딸이다.

　이 책은 성공한 여성들이 말하는 '나처럼 하면 성공한다'가 아니다. 반대로 '나처럼 하면 넘어진다'를 고백하는 책이다. 부디 후배들이 직장생활에서 정말로 중요한 것을 놓치지 말기를 간절히 바라는 마음에서 나의 헛발질을 모아 보았다. 이 시각 곳곳에서 조직의 칼바람을 맞으며 분투하고 고뇌하는 모든 여성 후배들에게 이 책을 바친다. 부디 직장에서도 성장하고 가정에서도 그리고 개인적으로도 충만한 삶을 갖길 바라는 마음이다.

　후배들이여! 나처럼 하지 말자.
　참고로 남성들은 이 책을 읽지 않아도 된다. 딸 가진 남성들의 선물용 구입은 적극 환영한다.

2024. 9. 윤 설 희

차례

chapter 1

어쩌다 30대
지점장

1.
느닷없는 발탁인사,
내 나이 38세

"언니, 들었어? 이번 지점장 승진 인사가 파격적이라는 소문이 돌아. 누구인지는 아직 깜깜이야."

은행 생활의 꽃이라고 불리는 지점장. 그 인사 발령이 있던 2002년 어느 날 아침, 업무 시작도 전에 소식통 후배가 찾아와서 속닥였다.

당시의 금융계 상황은 어수선했다. 폭풍처럼 지나간 IMF 후 턱없이 약한 경쟁력에 너나 할 것 없이 한꺼번에 무너졌던 금융회사들. 그들은 자의 반, 타의 반 짝짓기에 들어간 지 오래였다. 금융권 사방이 소란스러웠다. 오랜 역사를 가진 은행들이 사라지고 많은 직원이 옷을 벗었다. 두둑했던 명퇴금에 거리에는 치킨 프랜차이즈 점포가 넘쳐났다.

내가 몸담은 은행도 여러 차례 흡수, 합병을 마친 상황이었다. 하나의 조직 안에 6개의 서로 다른 뿌리가 엉켜서 어수선하기 짝이 없었다. 그날은 6개 은행 합병이 모두 끝난 이후 첫인사 발령이었다. 후배가 새로운 소식을 찾아 총총 떠난 지 1시간 후 인사부에서 발령 공고를 띄웠다. 데스크톱 화면에 뜬 내 이름, 윤설희!

아니, 내가 왜 거기서 나와?

나는 어리둥절했고 사람들은 충격적인 발령에 순간 침묵했다. 그때 인사를 두고 몇 년을 더 와글와글했으니 당시 침묵은 폭풍 전 잠깐의 고요였다. 그렇게 나는 어쩌다 지점장이 되었다. 내 나이 38세였다. 그것도 서울 최중심가의 명동 지점이었다. 이후 몇 개월 동안 신문과 잡지에 내 얼굴이 오르내렸다. 금융권의 파격 인사, 드디어 시작된 연공서열 파괴, 최연소 여성 지점장 등장, 조직의 새로운 바람 등 어쩌고저쩌고…. KBS와 MBC 저녁 뉴스 헤드라인에도 내 모습이 등장했다. 명동지점의 근처 고객들이 내 얼굴을 알아보고 한마디씩 했다.

"아이고 새파랗게 젊은 여자구먼!"

당시 명동은 사채시장의 중심지였다. 명동에서 영업하기 위해서는 사채시장을 꽉 잡고 있는 사장들과 관계가 매우 중요했다. 돈이 오고 가는 길목에서 그 뭉칫돈이 어느 은행 계좌로 가는가에 따라 지점 실적이 좌우되었다. 일곱 살 연상인 차장은 얼떨떨한 나를 끌고 가장 먼저 사채 사장들 사무실로 데려갔다. 그날의 장면이 그림처럼 남아있다. 사무실에 들어가니 사채 사장들 대여섯 명이 모닝커피를 즐기고 있었다. 명동 지점장이 인사 왔다고 알리자, 그중 대빵 사장이 읽고 있던 신문에서 눈을 떼지 않은 채 툭 하니 말을 내뱉었다.

"국민은행에서 핏덩이를 보냈네!"

'네. 핏덩이 맞습니다. 하하'라고 넉살스럽게 받아치고 싶었지만 내 입에서는 엉뚱한 대답이 기어 나왔다.

"그러게요… 쩝"

시간이 지나자, 사채 사장들의 비아냥이 이해되었다. 당시 지하 금융이 산업에 미치는 영향은 막강했고 은행들은 합법과 위법 사이에서 아슬아슬한 줄타기를 하고 있었다. 그런데 이 위험한 핵심 지점에 여성을, 그것도 핏덩이를 보내다니. 겁도 없이 말이다.

각 은행의 명동 지점장은 임원 승진을 앞둔 고참 지점장들이 거쳐 가는 곳이었다. 사채 창구를 별도로 운영하는 은행도 있었다. 평소에도 융통성이 없어 일하기 힘들다며 국민은행을 탐탁지 않게 여기던 사채 사장들은 천지 분간이 안 되는 애송이 지점장이 부임하자 발길을 끊었다. 나는 영문도 모른 채 이 중요한 시장에서 소외되었다. 그러다가 사채시장에 대한 대대적 단속이 시작되었다. 임원 승진을 코앞에 둔 옆집 지점장 아저씨들은 줄줄이 옷을 벗었다. 몇몇은 구속되었다. '핏덩이' 운운하던 대빵 사장도 구속되었다.

휴~. 나는 영문도 모르고 비껴갈 수 있었다. 이걸 운이 좋았다고 해야 하나? 지금도 생각할수록 궁금하다. 은행은 이 시장의 특성을 알고 나를 보낸 것일까? 아니면 대외 홍보와 연공 파괴 메시지를 주는 것이 중요했을까? 아무튼, 나는 지점장 시작과 동시에 한방에 갈 뻔했다. 아니면 옷 벗고 돈 좀 만질 수도 있었겠다.

"윤 지점장, 얼마면 돼? 한 10억이면 우리랑 같이 일할래?"

불법 가장납입이 주 전공인 또 다른 사채 사장의 말이 생각난다. 10억? 솔직히 솔깃했다.

"아이고! 사장님, 제가 아직 회사 밥 먹을 날이 너~무 많이 남아 있어서요. 고참되면 생각해 볼게요."

그렇게 나의 지점장 생활은 개인적으로는 지하 금융의 한복판에서 외줄을 타며, 금융권에서는 연공 파괴의 깃발을 높이 세우며 요란하게 시작되었다.

2.
겁나게 빠른 승진,
약일까 독일까?

"윤 양아! 여기 커피 한 잔 타 와라."

"윤 양아! 심부름 다녀오면서 통장 좀 정리해 와라."

입사 후 사무실에서 막내인 나를 부르는 소리가 여기저기 들린다. 직장생활을 시작하며 나는 윤 양으로 불렸다. 옆자리 선배 언니는 이런 호칭을 질색하며 이름 석 자로 불리기를 주장했다. 일 잘하고 똑 부러진 이 선배만 예외로 인정받았다. 반면 별생각 없던 윤 양은 커피 심부름도 냉큼 잘했고, 사무실에 수북이 쌓여 있는 담배 재떨이도 척척 비웠다. 출근하면 젖은 걸레 들고 차장님 책상도 싹싹 닦았다. 불과 몇 년 위 선배들은 출산하면 사직한다는 각서를 쓰고 입사했던 시절이다. 지금 기준으로는 직장 내 괴롭힘과 부당한 노동 조건이 만연했던 3, 40년 전이다.

어릴 때는 법조인이 되고 싶었고 철 들고는 기자가 꿈이었다. 그러나 나는 대학 졸업과 동시에 취업하지 않을 수 없었다. 고3 대입 시험을 며칠 앞둔 어느 날, 전날 함께 식사를 마치고 잠자리에 드신 아버지는 다음 날 깨어나지 못하셨다. 전업주부인 어머니는 갑작스러운 상황에서 주저앉으셨다. 남은 삼 남매는 빨리 독립해야 했다. 자력으로 학비를 조달해야 했고 생활비도 보태야 했다.

돈과 시간이 있어야 하는 사법고시, 언론고시는 보류했다. 일단 은행에 입사했다. 은행 셔터가 내려가면 퇴근할 수 있을 줄 알았다. 일찍 퇴근하고 공부하면 되겠다 싶었다. 그러나 착각이었다. 직장생활이 그렇게 만만치 않았고, 꼬박꼬박 들어오는 월급에 내 의지는 슬며시 사라져갔다.

꽃등심과 함께 녹아버린 내 의지

생일에만 먹었던 소고기를 회식에서 맘껏 먹을 수 있었다. 난생처음 먹어 본 꽃등심은 경이로웠고 내 꿈은 입속의 고기처럼 녹아버렸다. 돈 세는 법도 서툴고 주판도 놓지 못했지만 빠르게 조직생활에 적응해 갔다. 눈치 야근에 큰 갈등 없이 합류했고 역할이 없으면 야식 주문에 팔을 걷어붙였다. 우르르 몰려가는 퇴근 후 한잔 자리에는 빠짐없이 참석했고 남자 직원들만 남는 3차 자리에도 기웃거렸다. 한동안 나는 '설희'가 아닌 '술희'로 불렸다.

대학 입학 직전 시작된 음주 활동은 대학 내내 나를 단련시켰고 직장에서는 윤활유가 되었다. 결혼하고 출산을 하고도 음주 어울

림은 멈추지 않았다. 새벽까지 먹고 마시다 술 냄새 풀풀 풍기며 들어온 나를 보고 남편은 일이 많은가 싶었을 게다. 지금 생각해도 참 미안하다.

그렇게 20, 30대를 맹렬하게 먹고 마시며 지냈다. 일도 열심히 했다. 주어진 일만 아니라 경계선에 있는 일도 손 번쩍 들고 자원했다. 당시 은행 일이란 게 한 명이 할 일을 두 명, 세 명이 나누어서 하던 시절이었다. 모두가 여유 있던 시대였다. 이런 나를 상사들도 좋아해 주었다. 어느덧 나는 일도 잘하고 성격도 좋고 술도 잘 마시는 여성 인력이 되어 있었다. 다소 넘치게 씩씩했으나, 적극적이고 주변과 잘 어울리는 직원으로 성장하고 있었다. 대리를 달았고 또 과장이 되었다. 그리고 과장 승진 석 달 만에 지점장이 되고 말았다.

직급은 올라갔고 사람은 떠났다

한바탕 소란이 가라앉자 나는 직장생활이 그전과 같지 않음을 느꼈다. 그간 야자 하며 어울려 다니던 선배 오빠들은 턱없이 먼저 올라간 나와 거리를 두었다. 같이 있으면 호칭부터 난감해했다. 본인은 과장, 차장인데 "야! 윤 지점장"하고 부르기도 불편해했다. 그러다 보니 모임에서 배제되었고 지점장 회의 때도 혼자 덩그러니 섬처럼 남았다. 주변과 잘 어울리던 나는 어느덧 외톨이가 되었다. 나도 이러쿵저러쿵 뒤에서 말 많은 사람들에게 등을 돌리며 자신을 고립시켰다.

주변의 놀람과 충격도 이해할 만했다. 내가 선배, 동료 입장이라도 한참 앞서간 나를 보며 예전같이 대하기는 어려웠을 거다. 돌아보니 그럴수록 신발이 닳도록 찾아다니고 밥도 사고 술도 사며 몸을 한껏 낮추어야 했다. 그러나 난 그러지 못했다. 나도 당황했고 어찌해야 할지 몰랐다.

'내가 이 정도 탁월한 사람이 아닌데 갑자기 짱돌 맞았네.'

'보는 눈도 많은데 나의 실력을 들키면 어쩌지? 어쨌든 실적을 달성해야 하는데'

나는 한 발 한 발 페이스를 조절해 가며 산에 올라간 것이 아니라 우왕좌왕, 지그재그로 산을 타게 되었다. 그전까진 나름대로 잘 해왔는데 말이다. 휴~. 요즘에는 30대부터 큰 조직을 이끌며 탄탄하게 성장하는 사람도 많은데 다들 무슨 비결이 있나? 겨우 은행 지점장에 그렇게 헤맸다니!

파격적 발탁 인사, 약이었을까, 독이었을까?

조직 쇄신을 고려한 경영자 상황은 이해가 되었다. 큰 화제를 몰고 오기 위해서는 남성보다는 여성이, 서울 구석보다는 명동 한복판 지점이, 40대보다는 30대가 효과적이었으리라. 그게 나였다. 그러나 이후 나는 급격한 변화에 중심을 잃었다.

남들보다 최소 7, 8년, 평균 10년 정도 빠른 승진은 내게 기회였을까, 독배였을까? 중학교 입학하자마자 고등학교를 건너뛰고 대학생이 된 꼴이었다. 과장 3개월 만에 지점장 발령이라 차장, 팀장, 부지점장을 거치지 못했다. 그렇게 점프한 나는 단계마다 배워야 할 것을 놓친 채 미숙했고 허둥거렸다.

나는 몇 번의 똥 볼을 찼고 이후 승진 시계는 멈추었다. 첫 끗발이 개 끗발이라더니. 내 발탁 승진으로 마음 상했던 오빠들이 차례로 승진하고 퇴직한 후 한참이 지나서야 나는 겨우 다음 단계에 올라갈 수 있었다. 무려 14년의 최장수 지점장이라는 또 다른 민망한 기록을 세우며. 돌이켜보니 기회를 충분히 살리지 못한 책임은 결국 나에게 있었다. 기회라는 공을 앞에 두고 헛발질할지 골인으로 만들지는 전적으로 나의 역량이었다.

누구나 조직에서 성공하진 못한다. 성공의 기준이 승진만은 아니다. 그보다는 동료와 즐겁게 일하며 함께 성장하는 것이 더 중요하다. 나의 아쉬움은 직장에서 더 높이, 더 길게 가지 못한 것이 아니다. 직원들과 신나게 일할 수 있었을 텐데, 조급하지 말고 기다려 주어야 했는데, 끌고 가는 리더가 아니라 끌어내는 리더여야 했는데….

34년의 조직 생활을 다시 하고 싶지는 않다. 완전하지는 못했지만 충분했기에 후회는 없다. 그러나 한동안 아쉬움에 휩싸여 있었다.

3.
훅 들어온
강력한 피드백

"너 독선적이래."

허! 훅 들어온 이 말에 나는 머리를 크게 한 방 맞았다. 그해 나는 또 한 번 임원 승진에서 탈락했다. 내가 기대했던 승진을 이미 두세 번 놓친 이후였다. 이번에는 꼭 되겠지, 하는 확신이 있었을 때 나는 다시 한번 물을 먹었다. 반복되는 탈락에 나뿐 아니라 여성 후배들도 안타까움을 넘어 이상하게 생각하기 시작했다. 다른 해와 달리 실망과 충격은 더 컸다. 승진 탈락은 사실 면역이 안 된다. 익숙해지는 것은 무력감이다.

충격과 의욕 상실에서 헤매고 있던 어느 날, 윗분으로부터 전화를 받았다.

"너 독선적이래."

휴! 지금 생각해도 회사 생활 통틀어 가장 강력한 피드백이었다. 전화기에서 들려오는 말에 나의 입은 얼어 버렸다. 그 말 잘하는 내가 무언가 반응하려 했으나 입이 떨어지지 않았다.

"네…."

전화를 끊고 내용을 곱씹을수록 부아가 치밀어 올라왔다. 내가 독선적이라고? 그러는 자기들은 어떻고? 추진력과 카리스마 뒤에는 독선이 가득하고, 그러면서도 승진하고 잘 나가는데. 왜 나만 문제야? 네가 하면 로맨스고 내가 하면 불륜이라, 이 말이지? 당신들도 다른 의견을 존중하는 척하지만 결국 자기 뜻대로 밀고 가면서. 이미 정답을 가지고 있으면서 아랫사람 의견은 단지 충성심을 평가하는 잣대로 사용한다면서? 마음속 불만이 끝없이 줄줄 흘러나왔다.

자기 인식이 떨어지는 리더들의 저항

이것이 자기 인식이 떨어지는 리더들이 드러내는 전형적 반응이다. 인정하지 않고 저항하고, 억울해하고 타인을 원망하는 반응 말이다. 그때 내가 그랬다. 전문 코치들은 리더십 평가가 낮게 나온 임원을 맡게 될 때 이런 저항에 종종 부딪힌다. "내가 왜?" 온몸으로 거부하는 그들을 스스로 인정하게 하는 것이 가장 큰 관문이다. 이걸 못 넘으면 그 코칭은 실패다. 내가 만약 그 시점에서 코칭을 받았다면 역시 실패였을 거다.

아무튼 누가 알아주는 사람 없이 혼자 한참을 열 받다가 나는 자원해서 한가한 직무로 이동을 요청했다. 그래 쉬자. 열나게 일해 봤자 인정도 못 받는데 이젠 일을 좀 놓자.

그때 코칭이 나에게 왔다.

"선배님, 운전면허증 말고 다른 자격증 있어요? 은퇴하기 전 하나 정도는 있어야지요. 코칭 교육받고 자격증 땁시다."

모교에서 리더십 센터장을 맡은 후배가 수년 전부터 내게 콜을 하고 있었다. 처음에는 일이 바빠서, 정말로 시간을 낼 틈이 없어서 듣는 둥 마는 둥 했다. 그러나 승진 탈락 후 비로소 후배의 말이 귀에 들어왔다. 특히 자격증 하나는 있어야 한다는 미끼에 걸려들었다.

처음에 가볍게 생각했던 코칭 공부는 점점 나를 빠져들게 했다. 공부하며 나는 결국 두 손을 들었다. 아! 나는 독선적인 게 맞는구나. 누구보다 열심히 일한다는 착각으로 혼자 모든 것을 끌고 가려 했다. 공정함, 합리적이라는 착각으로 내가 틀릴 수 있다는 사실을 보지 못했다. 따라오는 직원들만 인정했고 속도와 역량이 다양한 직원들 각각의 능력을 발휘시키지 못하고 포용하지 못한 까칠한 리더였구나! 한마디로 '자기 인식(self-awareness)'이 일어나는 순간을 경험했다. 부끄러웠다. 열심히는 했지만 잘하지는 못했다는, 좋은 리더가 아닌 '역기능적 리더'였음을 인정하자 나의 저항심은 깨지기 시작했다. 승진 탈락은 나에 대한 인식을 바꾸어 놓았다.

실행력 하나는 짱이었던 나는 코칭에서 배운 것을 즉시 사무실에 돌아와 적용했다. 현장에서 실행하기가 쉽지는 않았다. 그간의 관성이 깊이 자리 잡고 있었기에 조금이라도 긴박한 문제가 터지면 예전 방식대로 해결했다. 그러나 코칭 프로세스를 멈추지는 않았다. 다시 추스르고 배운 대로 경청과 공감, 질문과 건강한 피드백을 하면서 직원들과 일대일 미팅, 그룹 미팅 등을 실행하며 한 발, 한 발 나갔다.

노력하고 변화했지만 이른바 세평이 바뀌기에는 시간이 부족했을까? 다음 해 임원 승진은 되었으나 나는 짧은 임원 생활을 마치고 옷을 벗었다. 그리고 지금은 전문 코치로서 길을 가고 있다.

아쉽다. 더 높이 올라가지 못함이 아쉬운 것은 절대 아니다. 좀 더 일찍 자기 인식이 되었으면, 좀 더 빨리 대인 민감성을 길렀으면 좋았을 텐데. 같은 일을 하고 성과를 내면서도 직원들에게 공감하고 그들이 잠재력을 발휘하고 성장하는 것을 지켜보는 괜찮은 리더, 좋은 리더가 되었을 텐데. 그것 자체가 내가 성숙해질 길이었는데.

회한과 아쉬움이 밀려올 때마다 생각한다. 후회와 자책은 하지 말자. 그때의 미숙함이 있었기에 배움이 있었지. 내가 제일 좋아하는 칼 융 선생님의 말씀 그대로이다. '넘어진 곳에서 황금을 발견했다.'

코칭을 공부하며 주변을 둘러보았다. 나와 비슷한 여성 후배들이 적지 않았다. 빨리 자기 인식을 하고 리더십을 바꾸면 얼마나 좋을까? 과거의 나처럼 거품 물고 직원들에 대한 불만을 쏟아내는 실력파 후배들 말을 묵묵히 들으면서 코칭 기회를 엿본다.

후배들아! 그게 중요한 게 아니야.
사람을 믿는 것부터 시작해야 해!
안 믿으면 너만 손해야.

chapter 2

워킹 이전에 가정을,
나 자신을 챙기기

1.
남편에게 도와 달라고
하지 말자

"자기야. 나 잘했지? 매일 이렇게 도와줄게!"

동갑내기 남편은 웃통을 벗어 던지고 엉덩이를 번쩍 들고 열심히 거실 바닥을 물걸레질하고 있었다. 그러다 뒤를 돌아보며 자랑스럽게 이야기했다.

신혼 초였다. 여느 맞벌이 부부처럼 우리는 주말에 밀린 가사를 나누어서 했다. 나는 주로 음식과 관련된 것을, 남편은 세탁과 청소에 관련된 것을 담당했다. 그날도 나는 땀 뻘뻘 흘리며 청소하는 남편 옆에서 식사를 준비하고 있었다.

남편의 가사 분담은 선택 사항인가?

순간 나는 하던 일을 멈추었다. 그리곤 낮은 목소리로 말했다.

"그래. 잘하고 있어. 근데 날 도와준다고? 네 일인데 누가 누굴 도와줘? 도와준다는 생각이면 하지 마."

그때나 지금이나 옳은 소리를 참 재수 없게도 했다. 순간 남편은 머쓱해지면서 하던 일을 계속했다. 번쩍 들었던 엉덩이도 차츰 처지기 시작했다. 그 후로 청소와 세탁은 남편의 일로 고정되었다. 한참 세월이 지난 후 남편은 그때를 회고했다. 참 무서웠다고. 신혼 초 달콤한 관계에 꼭 그렇게 찬물을 부어야 했느냐고?

하지만 냉정히 생각해 보자. 당시 나는 직장 하차를 생각해 보지 않았다. 남편의 상황과 기분에 따라 가사 분담을 선택하게 할 수는 없었다. 함께 직장생활을 하면서도 남자의 야근은 당연했고, 여자의 야근은 양보받는 시대였다. 아이가 태어나면 육아는 여자와 친정의 몫이었다. 게다가 집안일까지 말이다. 30년도 더 지난 지금 워킹맘들, 상황은 나아졌을까?

워킹맘의 하루에 남편은 어디에 있는가?

워킹맘의 하루를 그려보자. 아침에 일어나 식사를 준비하면서 틈틈이 화장을 한다. 눈도 못 뜨는 아이를 깨워 의자에 앉히고 밥을 먹이며 옷을 입힌다. 아이를 둘러업고 어른 댁 또는 어린이집에 데려다주고 종종거리며 출근길에 오른다.

회사 근무 중에 아이를 돌보는 사람한테 수시로 연락이 온다. 열이 난다, 병원 가야 한다, 찾는 물건의 위치 등등. 복도에 나가 전화를 주고받으며 다시 책상머리로 돌아오지만 일의 리듬은 깨져 있다.

야근하지 않기 위해 일의 속도를 낸다. 일을 마치고 잰걸음으로, 집으로 향하며 마트에 들러 양손에 바리바리 짐을 들고 아이를 찾으러 간다. 집에 와서는 아이를 씻기고 대충 집을 치우고 다음 날 먹거리를 손질하거나 새벽 배송 사이트를 방문한다. 틈틈이 내 집 마련 정보를 수집하고 목돈마련을 위해 적금을 비교하고 자동대출 한도를 알아본다.

이런 하루에 남편은 어디에 있을까? 이것이 호랑이 담배 피우던 시절 광경이라고? KB금융그룹이 발간한 〈2019 한국 워킹맘 보고서〉를 보자.

남편은 조력자가 아니고 당사자다

보고서를 보면 워킹맘의 95%가 자녀 문제로 퇴사를 고민한 적이 있다. 또한 '배우자의 지원과 이해'가 91%로 가장 중요하다고 응답했다. 이 의미는? 왜 그녀들은 일과 가정의 양립을 위해서 '배우자의 지원과 이해'를 1순위로 꼽았을까? 남편이 지원하고 이해하는 존재일까? 남편은 이 상황에서 한 걸음 물러나 있는 구경꾼인가? 우리가 남편의 지원과 이해를 아쉬워하는 이상 워킹맘은 고단한 일상에서 헤어나지 못한다. 남편은 나와 똑같은 이 상황의 당사자(!!)이다.

한편, 직장 일과 육아, 가사의 삼중고에 시달리는 워킹맘들은 자녀를 제대로 보살피지 못하고 있다는 미안함과 죄책감으로 갈등한다. 브레네 브라운이 『마음 가면』에서 말하는 '내가 부족해서 그래' 증후군이다. 자녀가 학교 성적이 좋지 않거나 일탈행동을 보일때 워킹맘은 그 원인을 자신의 부족함으로 돌리며 자책하고 사표를 고민한다. 과연 그녀의 배우자도 자녀 돌봄에 죄책감을 가지고 있고 사표를 고민한 적이 있을까?

다행히 나는 초반부터 남편과 역할 분담을 잘 설정한 셈이다. 신혼의 달콤함에 찬물을 붓는 푸닥거리 덕에 우리는 각자의 선호와 강점을 선택하여 육아와 가사 구멍을 무난히 메꿔왔다. 남편은 청소와 빨래를 도맡아 했고, 아이의 잦은 병원 출입을 담당했다. 업무 시간이 비교적 자유로웠던 그는 입학식, 졸업식에도 참석했고 학부모 모임 때 청일점으로 참석했다. 아이의 과제물 준비도 담당했다.

반면 나는 먹거리 조달과 가정 경제를 맡아 내 집 마련을 위한 계산기를 두드렸다. 보통의 가정에 비해 남편의 가사 분담 수준은 파격적이었다. 그렇지 않았다면 나는 직장생활 내내 피로에 찌들었을 것이고, 마음은 불만이 가득한 채 점점 지쳐 갔을 거다.

남편이 모른다면 알려주자. 울지 말고!

한참 어린 후배가 찾아왔다. 후배 부부는 같은 산업에 종사하고 있었다. 캠퍼스 커플인 내 후배는 학교 때 남편보다 잘 나갔다. 결혼 후 5년이 지난 지금, 그녀는 뒤처져 가는 자신을 느끼며 초조한 생각이 수시로 밀려온다. 남편은 일에 몰입하며 직장에서 자리를 잘 다져가고 있었다. 반면 후배는 육아와 집안일에 치여 직장은 몸만 다니고 있는 기분이었다. 따져 보니 가사와 아이 돌봄의 80%가 자기 몫이었다. 결혼 전엔 내가 더 잘 나갔는데!

불만은 점점 쌓이고 갈수록 곱지 않은 말들이 오고 갔다. 그럴 때마다 대화는 진전 없이 후배의 짜증과 눈물로 끝나곤 했다. 그런 부인을 대하는 게 피곤한 남편은 점점 대화를 피했다.

나는 그녀에게 현재 상황에 대한 자신의 느낌을 눈물 없이 차분하게 이야기하도록 조언했다. 짐작대로 남편은 부인의 과다한 집안일이 직장생활까지 위축시키고 있다는 사실을 모르고 있었다. 다음 단계로 평정심을 유지하고 자신의 요구 사항을 이야기하도록 했다. 남편도 이해심이 많은 사람이라 집안일 중 자신이 맡을 일을 정하고 받아들였다.

후배는 놀라워했다. 남편의 변화가 놀라운 것이 아니었다. 이걸 꼭 말로 해야 알다니! 그렇다. 상대는, 특히 남자들은 표현하고 요구해야 비로소 안다. 격앙된 상태보다 평정심을 가지고 요청할 때 그들은 이해하고 행동에 나선다. 불만을 참고 참다가 폭발하듯 터뜨리며 눈물을 보일 때 그들은 오히려 등을 돌린다.

또 다른 방법도 있다. 아이가 있다 보니 집안은 늘 어지럽다. 정리와 청소는 이런 상황을 견디지 못하는 워킹맘의 몫이다. 남편은 큰 불편을 못 느낀다. 이럴 때 정리와 청소를 멈추자. 더는 발 디딜곳이 없어 남편 스스로 나서기까지 평온하게 있어 보자. 끝까지 참는 자가 이긴다. 남편이 할 수 없이 청소기를 들게 하고 이후 그의 평생 일이 되게 하자. 갈등과 다툼보다 현명한 방법일 수 있다. 돌아보니 나는 이런 지혜가 부족했다. 남편에게 직선적으로 공평한 분담을 요구했다. 나는 좋은 남편을 만난 행운을 누렸다. 그러나 모두에게 행운을 기대할 수는 없다.

지금이라도 늦지 않다

지금 후배들은 가정과 직장의 양립 속에서 자신을 잘 지키고 있을까? 합리적으로 배우자와 서로 일을 나누고 있을까? 아니면 신혼 초에 해야 할 역할 분담을 놓쳤는가? 그럼, 지금 하자. 물론 시간이 지난 만큼 치러야 할 푸닥거리는 많다. 그러나 늦을 때란 없다. 대신 세월의 힘으로 더 지혜로워졌다. 나처럼 전투적인 방법이 아니라 좀 더 유연하고 슬기롭게 그의 역할 분담을 끌어내자.

앞선 조사 결과에 따르면 워킹맘의 75%가 계속 직업을 갖기를 원한다. 직장생활은 경제적 이유뿐 아니라 자신의 만족과 성장을 위한 목적도 크다. 요구하는 것이 치사해서 오늘도 말없이 낑낑거리고 있는 후배들이여! 더는 미루지 말고 하숙집 드나들 듯한 남편을 일깨우자. 100세 시대에 어쩌면 이 남자와 70년 이상을 살아야 할지도 모른다. 지금까지 함께한 10년, 20년은 초반에 불과하다. 그러니 늦지 않았다. 그에게 말하자. 함께 하자고, 이것도 네일이라고! 도와 달라고 해서는 안 된다.

2.
참으면 시월드가
씨~~월드 된다

"얘야. 내일도 회사 안 가는데 자고 가라."

"네?"

명절 전날부터 시댁에 가서 차례 음식 준비하고 끼니마다 그 많
은 식솔 밥상을 차리느라 파김치가 되었는데 시어머니가 차례 마
치고 하룻밤을 더 자고 가란다. 나는 언제 친정에 가라고? 짐짓 외
면하는 남편을 향해 불꽃 같은 눈길 한번 쏘고는 말로는 '예' 했단
다.

누군가에게 명절은 해외여행의 기회이고 기다림의 대상이다. 그
러나 여성들, 특히 워킹우먼에게 명절은 휴일이 아니라 노동절이
다. 언론은 여성들의 명절 증후군에 관한 기사를 단골처럼 쏟아낸
다.

아직도 이런 장면이 흔할까? 베이비붐 세대인 우리보다 시월드와 관계에서 앞서가는 X세대, MZ세대가 아닌가? 세상이 겁나게 변했는데 이쪽 세상도 많이 달라졌을까? 신혼 초 나의 시월드 생활이 떠올랐다.

하마터면 시댁에 열심히 할 뻔했다

27살에 결혼했다. 시댁은 번듯한 전셋집을 얻어줄 형편이 되지 못했다. 당시는 노원구의 18평 아파트 전세로 신혼을 시작하는 게 부러움의 대상이었다. 그러나 우리는 11평 다가구 주택에서 시작했다. 그것도 주인이 11평이라 우기는데 아무리 재어봐도 8평이 되지 않았다. 시댁의 사정을 아는지라 패물을 생략하고 전셋값에 보태라며 저금을 탈탈 털고 대출금까지 보태어 현금으로 보냈다. 전셋값도 온전히 마련하지 못하는 배우자를 선택한 나를 보며 대놓고 반대도 못 한 홀어머니는 돌아서서 한숨을 쉬셨다. 그런 어머니에게 출발은 이렇지만 몇 년 후면 큰 차이 없다며 큰소리쳤다. 그러나 나 역시 속으로는 아파트로 출발하는 친구들이 부러웠다.

제사 때가 되면 퇴근 후 부리나케 시댁으로 향했다. 양손에 검은 봉지를 바리바리 들고 만원 버스에 흔들리며 기쁜 마음으로 갔다. 시댁에 정성을 다하고 싶었다. 직장생활도 완벽하게 하고 시댁에도 최선을 다하고 싶었다.

"그러다 탈 날 걸? 내가 우리 엄마를 잘 알지. 100을 해드리면 200을 요구하실 거야."

열심인 나를 두고 남편이 말했다. 처음에는 이 말을 귀담아듣지 않았다. 그럴 리가 있나? 내가 최선을 다하면 그만큼은 아니더라도 주고받는 게 세상 이치지. 그러나 얼마 지나지 않아 남편 말이 옳았음을 깨달았다. 나도 예물을 받지 않았는데 시어머니는 예단으로 모피코트를 받지 못했다고 우셨다. 이듬해 큰 맘 먹고 당시 유행하던 무스탕 코트를 사드리려 백화점에 모시고 갔다. 그러나 이왕이면 더 좋은 것을 사달라는 시어머니 요구에 난 밍크코트를 결제했고 그해 내내 카드 할부 상환하느라 찌들었다. 동창회 나갈 때 손가락이 허전하다는 불평을 듣고는 다이아몬드 세트값을 내야 했다. 남편 말이 옳았다. 시월드가 씨~월드가 되는 순간이었다.

얼마 후 나는 태도를 바꾸었다. 제삿날 퇴근 후 종종거리지 않고 느긋하게 시댁에 갔고 양손에 비닐봉지 대신 간단한 봉투를 준비했다. 제사 후 팔 걷어붙이고 뒷정리를 하고 새벽에 귀가하던 것을 멈추었다. 다음 날 몸살 안 날 정도로 일했고 출근을 걱정하는 시부모님이 등 떠밀 때는 감사히 신발을 신었다. 회사 일이 겹치면 가끔은 불참도 했다. 신혼 초 남편의 충고가 아니었다면 나는 하마터면 열심히 할 뻔했다.

최선을 다하지 마라! 끝까지 못 할 거라면

시부모님은 나에 대해 처음 기대했던 수준을 서서히 낮추기 시작했고 얼마 지나지 않아 둘째 며느리의 불참까지도 당연하게 받아들였다. 오히려 직장과 가정을 양립하는 나를 걱정해 주셨다. 이렇게 한참 세월이 흐르고 난 후, 얼마 전 나는 시어머니와 대화 중 "제가 좋은 며느리는 아니었지요?"라고 말했다. 시어머니는 펄쩍 뛰시며 "무슨 소리. 그만하면 잘했지."라고 진심으로 말씀하셨다.

　내가 너무 약았다는 생각이 드는가? 그럴 수도 있다. 하지만 그때 내가 최선을 다했다면 시댁의 기대 수준은 점점 올라갔을 것이고, 나의 성의는 어느 순간 그분들의 당연한 권리가 되었을 것이다. 나는 더 노력했을 것이고, 시부모님들은 덜 만족하게 되었을 것이다.

　시월드 뿐 아니라 모든 관계도 비슷한 이치이지 않을까? 그러니 어느 관계이든 처음부터 열과 성의를 다하지 말자. 단, 끝까지 지속할 자신이 있다면 예외다. 시월드와 관계는 더욱 전략적일 필요가 있다. 물론 인간관계에서 진정성은 무엇보다 중요하다. 하지만 이 세계는 좀 독특한 생리와 역사가 있다. 딸 같은 며느리, 친엄마 같은 시어머니는 없다. 그런 척할 뿐.

처음부터 부족하다고, 못한다고 하자

　처음부터 부족함을 드러내자. 완벽을 추구하지 말자. 아플 땐 아프다고 이야기하고 쉬자. 못하는 건 어머니가 직접 하시라고 부탁하자. 시어머니에게 일하는 며느리의 고충도 토로하자. 힘들고 서운할 때 살짝 표현하자. 아니면 언젠가 한꺼번에 폭발하고 심하면 등 돌리게 된다.

　차례를 마친 후 하룻밤 더 자고 가라는 시어머니에게 말씀드리자.

"아니에요. 어머니. 저도 친정 가야 해요. 엄마 밥도 먹고 싶구요. 고모처럼요."

추석 당일 자기 시댁 차례상을 번개같이 차리고 친정에 와서 내가 대령한 점심상을 앞에 둔 시누이를 흘깃 보며 남편을 향해 돌아서자. 두 눈엔 힘을 빡~ 주고 목소리는 경쾌하게 외치자.

"가즈아~ 얘들아! 여보. 자동차 키! 출~바알!"

당신의 명절 풍경은 어떤가?

3.
자녀에게
결핍을 선물하자

가끔 아이의 어릴 적 사진을 들여다본다. 예쁜 드레스와 세일러
문 머리띠에 공주 신발 따위 없다. 짧은 커트 머리에 시장 바지, 브
랜드 없는 신발, 빨아 입히기 쉬운 소재의 옷을 입은 꼬맹이가 수
줍게 웃고 있다.

"엄마는 왜 예쁜 옷을 안 사줘? 이게 뭐야? 남자처럼. 창피하게!"

어느 순간 자신의 패션 수준을 눈치챈 아이가 볼멘소리를 했다.

육아 독박을 해 주신 친정어머니와 가사 분담을 해 준 남편 덕에
나는 상대적으로 편한(?) 직장생활을 할 수 있었다. 그리고 흔히들
엄마 숙제라고 하는 초등 숙제와 준비물을 잘 챙겨주지 못했다. 남
들 다 하는 사교육도 뒤늦게 따라갔다. 그러다 보니 초등학교 때

아이는 학급에서 성적도 중간 이하였다. 급기야 걱정된 어머니가 어느 날 'XX펜'과 'X선생 영어'를 불러들였다. 공주 패션의 다른 집 딸들과 비교하며 주위에서 걱정했다. 아이 기죽는다고.

친정 어머니와 꽉 붙어사느라 이사도 자주 했고 아이는 세 곳의 초등학교를 옮겨 다녔다. 소극적인 아이는 그때마다 스트레스를 받았다. 세 번째 전학을 앞두고 아이는 바뀌는 학교와 또 한 번의 친구 사귀기에 자신 없어 하며 울먹였다.

나는 아이에게 전학은 새로운 이미지로 변신할 수 있는 절호의 기회라고 이야기해 주었다. 새로 간 학교에서는 너를 아는 친구가 없으니 네가 되고 싶은 사람으로 새로 태어날 수 있다고 말해주었다. 그리고 물었다. 너는 어떤 아이로 새로 태어나고 싶으냐고. 아이는 고개를 크게 끄덕였다. 새로 간 학교에서 아이는 변신에 성공했다.

전학 후 6학년 첫 시험을 앞둔 아이에게 말했다. 이왕 변신했으니 이번에는 성적의 변신을 시도해 보자고 했다. 그 시험에서 아이는 처음으로 상위권에 진입했다. 한 번의 성공을 맛본 아이는 스스로 공부하기 시작했다.

몇 번의 잔소리보다 한 번의 단호한 실행이 필요하다

몇 차례 푸닥거리는 있었다. 6학년 말이 되자 이것저것 학원 수가 늘어났고 숙제를 안 하는 일이 자주 발생했다. 잔소리 대신 나는 모든 학원과 학습지를 중단했다. 한참을 빈둥거리던 아이는 자기만 뒤처진다는 불안감을 이기지 못하고 석 달 만에 나 몰래 스스로 학원에 복귀했다. 할머니에게는 나중에 돈 벌면 학원비를 갚겠다고 약속했단다. 모른 척하고 있던 나는 속으로 미소를 지었다.

중2 때였다. 반항의 시절이었다. 저녁에 퇴근하면 나의 화장품들이 제자리를 이탈해 있었다. 어쩌다 일찍 퇴근한 어느 날, 아파트 단지에서 웬 여학생이 마주 오고 있었다. 마스카라를 떡칠한 그녀가 나의 딸임을 알아차리는 데 한참 시간이 걸렸다. 종종 학원도 빼먹는다는 사실도 들려왔다.

나는 다시 아이와 마주했다. 무엇을 하고 싶은지 물었다. 동방신기 그룹에 푹 빠져 있던 아이는 백댄서가 꿈이라 했다. 학원 몇 개 정리하고 주말마다 댄스 학원으로 실어 날랐다. 그러나 이 생활은 한 달도 안 되어 끝났다. 몇 번의 교습 후 기가 죽은 아이는 자신이 춤에 소질이 없는 것 같다며 댄서를 포기했다. 마음처럼 몸이 따라주지 않는다는 것을 알게 된 후 아이는 별수 없이 책상에 다시 앉았다.

나는 공부는 차선의 선택이니 좋아하고 잘할 수 있는 것을 찾으면 언제든지 다시 하자고 말했다. 그 뒤로 아이는 간혹 분출하는 에너지를 쏟을 곳을 찾아 두리번거렸다. 그러나 우리 사회는 숨겨진 재능을 발견하고 발휘하게 도와줄 시스템이 부족했다. 부모로서 나 또한 재능 발견의 중요성을 알지 못했다. 그저 학교 시스템에 순응하는 수밖에 없었다.

아쉬운 놈이 우물을 판다

사교육 정보가 부족한 엄마를 둔 탓에 아이는 필요한 정보를 얻기 위해 본능적으로 귀를 쫑긋 세웠다. 엄마들 네트워크에 끼지 못하는 워킹맘을 대신해 아이는 그룹 과외에 들어가기 위해 사교성을 키워갔다. 아이가 정보를 얻고 내게 요청하면 과외비를 송금하였다. 이후 아이는 대입을 위한 길고 험난한 과정에서 스스로 길을 찾아갔다. 대입에 성공한 후, 툭 던진 아이의 말에서 그 고단함이 배어 나왔다.

"나는 잡초처럼 컸다고."

아이는 점점 독립적으로 되었다. 문과를 선택한 것도 뒤늦게 알았다. 가고 싶은 대학도 홀로 선택했다. 고2 때 이미 그 대학을 다녀왔고, 고3 시작하자 입학식 날 다시 그 대학을 다녀왔다. 혼잡한 입학식 날 기쁨과 축하로 떠들썩한 교정을 바라보며 아이는 무슨 상상을 했을까?

고교 생활 내내 목표하는 대학의 로고가 새겨진 공책, 열쇠고리, 책갈피 등이 방안에 널려져 있었다. 컴퓨터 상단에 '가자, xx대학교'가 붙어 있었고, 로그인 ID도 그 학교 이름이었다. 아이는 내내 그 학교에 입학하여 생활하는 그림을 머릿속에 그리며 다녔다.

대학 원서를 쓸 무렵 다른 대학으로 마음을 돌리려 했으나 아이는 확고했다. 아차! 고등학교 입학할 때 건네준 책 『시크릿』의 영향이 작용했음을 알았다. 그 책의 핵심인 열망하는 것에 대한 끌어당김, 시각화가 상당히 진행되고 있었다.

고3 여름 어느 날, 입시 정보가 부족한 것이 슬슬 걱정되기 시작했다. 이틀을 휴가 내고 대학 입시 전형을 열공했다. 그러나 아뿔싸! 수시 입학이 있다는 것은 알았지만 이렇게 복잡하고 종류가 많은지는 몰랐다. 더구나 수시 준비는 최소 1, 2년 전에 시작해야 한다는 것도 그때 알았다. 엄마의 정보가 대한민국에서 아이 운명을 가른다는데! 다급하지만 할 수 있는 게 없었다. 그러나 아이는 태연했고 자신의 계획대로 정시에 집중해 원하는 대학에 입학했다.

아이는 성장하면서 스스로 자기 길을 결정해 갔다. 엄마의 선제적 정보를 기대할 수 없었다. 요청하면 수용하되 결과에 관한 책임을 묻는다는 것을 몇 차례 경험했기에 스스로 찾아 요청했고 요청한 것은 열심히 했다.

돈 공부는 빠를수록 좋다

대학 입학이 결정되자 아이와 의논했다. 이제는 일부라도 경제적 책임을 져야 한다는 것에 동의했다. 등록금과 차비 이외에는 스스로 벌어서 충당하기로 했다. 멋 부리고 싶은 여학생이라 이것저것 사야 할 것도 많았고 친구들과 어울리느라 돈도 적잖게 필요했다.

아이는 다양한 알바를 했다. 대학 내내 스펙 쌓기도 바쁜데 알바를 한다 하니 친구들 사이에서 나는 좀 이상한 엄마가 되었다. 그러나 나는 생각이 달랐다. 돈 공부는 빠를수록 좋다. 돈 공부의 가장 최적의 방법은 벌어서 써보는 것이다.

아이는 평일 뿐 아니라 주말에도 알바를 했다. 한 번은 친구들과 점심 먹고 커피숍에 몰려갔는데 배 아프다고 핑계를 대고 물만 마셨다는 말을 들었다. 한 시간 알바비에 맞먹는 커피를 차마 사 먹을 수가 없었단다. 친구들과 맘껏 어울리지 못하는 아이를 보고 그 순간 마음이 흔들렸다.

알바하느라, 틈틈이 노느라 대학 생활을 충실하게 하지 못한 딸아이는 졸업할 즈음에 고시 준비를 하겠다고 선언했다. 고시 기간 중 알바를 중단하니 필요한 자금을 지원해 달라 요청했다. 나는 고개를 저었다. 돈 문제가 아니었다. 그 어려운 공부에 모험을 걸다니. 주변의 고시 폐인들이 떠올랐다. 실패한 아이를 볼 용기가 나질 않았다. 결국, 내 문제였다. 아이는 몇 달 동안 울고불고했다. 나중에는 대입 재수도 안 했으니 그 비용을 내놓으라고 요구했다.

나는 처음으로 아이 자신의 판단에 반대한 것이다. 대기업 취업을 권했다. 그새 똑똑해지고 전투력과 투지를 갖춘 아이는 완강했다. 결국, 조건부 타협을 했다. 두 번 도전으로 합격할 것과 실패하면 뒤도 돌아보지 않겠다는 조건으로 말이다. 투쟁으로 얻어낸 소중한 기회 앞에서 아이는 약속을 지켰다. 공무원이 되고 월급을 받자, 아이는 대번에 독립을 선언하고는 춤추듯 집을 떠났다. 고약한 엄마에게서 벗어남을 자축하면서.

자녀를 키우는 데 정답은 없다. 자녀의 타고난 성향도 다르고 각 가정의 상황도 다르다. 나는 초보 부모로서 실수도 많이 했고 이

땅의 교육 현실에 갈팡질팡하기도 했다. 또한, 지나친 신념과 원칙으로 딸아이에게 모성애를 의심받기도 했다. 과정과 결과에 관해 책임 지우는 냉정함으로 원한(?)도 샀다.

대학에 들어가 교육학을 수강한 아이는 내게 항의하고 사과를 요구했다. 어릴 때 부모-자녀 관계가 성격에 미치는 영향이 매우 크다는 애착 이론을 배웠단다. 자기는 엄하고 공감력 부족한 엄마를 만나 좋지 않은 영향을 받았다며 나의 양육 방식에 문제를 제기하고 따지고 들었다. 휴…. 나름대로 최선을 다했다고 자부하던 나는 서운했지만, 딸의 요구로 몇 차례에 걸쳐 사과했다. 부모는 처음이라 서툴렀다고, 미안하다고.

딸의 말이 맞다. 나의 신념은 변치 않았지만 나는 현명하지 못했다. 신념과 원칙이 때론 사랑을 가렸다. 아이가 부모를 뛰어넘어 그 사랑을 이해할 수는 없지 않은가? 나이 들면서 모녀가 팔짱 끼고 쇼핑하는 모습을 보면 부럽다. 서로 삐치고 다투는 모습조차 즐겁게 보인다. 다시 돌아간다면 부모로서 신념을 지키면서도 아이의 성장 수준에 맞추겠다. 그리고 딱딱한 내 성격을 바꿀 수는 없겠지만, 더 자주 사랑한다고 표현하고 더 많이 안아주겠다. 나는 지금도 반성 중이다.

그러나 후배들에게 간절하게 이야기하고 싶은 것은 변함없다. 부모로서 아이 스스로 할 수 있는 것을 대신해 주고 있는가? 필요한 것을 눈앞에 대령하느라 아이들이 스스로 문제를 해결하고 시행착오를 거치며 성장할 기회를 잃게 하고 있진 않은가? 사랑이라는 이름으로 말이다. 그것은 부모의 투사일 수 있다.

있어도 풍족하게 키우지는 말자. 부족함은, 결핍은 아이가 스스로 방법을 궁리하고 결정하고, 주어진 기회에 책임 있게 행동하는 원동력이 된다. 이 또한 거대한 진화론과 유사하지 않을까? 필요한 것이 저절로 주어지는 풍족한 아이들은 어느 부분이 퇴화할까?

때로는 남의 아이 대하듯 하자

부모로서 우리가 넘치게 줘야 할 것은 물론 사랑이다. 그러나 그 사랑은 자녀에게 바싹 붙어있지 않고 좀 떨어져서 지켜보는 것이다. 어느 정도 남의 아이 대하듯 하자. 자녀가 스스로 선택하고 행동하며 책임지게 하자. 좀 부족하더라도 믿고 기다리자.

나는 10여 년 넘게 주택에서 손바닥만 한 정원을 가꾸고 있다. 토양과 꽃의 특성을 몰라 해마다 많이 죽이고 또다시 심기를 반복한다. 그러면서 깨우친 게 있다. 귀한 꽃들은 남향에 심고 열심히 물과 영양제도 주고 해충도 잡아준다. 심다 남은 쭉정이 꽃들은 북쪽 땅에 대충 심어 놓는다. 그런데 정성을 들인 남쪽 애들은 꽃도 시원치 않고 비리비리하다 일찌감치 사망하신다.

반면 북쪽 애들은 무심하게 버려두어 비만 맞으며 자랐는데 꽃도 풍성하고 오래간다. 심지어 겨울을 이기고 봄이 되면 여기저기 자연 발화한 씨가 새싹을 틔우고 사방에 번진다. 식물에 지나친 영양 투입은 독이 되나 보다.

결핍된 환경에서 식물은 물과 영양을 찾아 뿌리를 깊숙하게 내린다. 실제로 늦가을 정원을 정리할 때 이것을 확인한다. 남쪽의 식물은 뿌리가 쑤욱 뽑히고 북쪽의 식물은 한참을 붙들고 뒤로 넘어져야 뿌리가 뽑힌다.

아이를 기르는데 극복해야 할 것은 무엇일까? 우리 자신이다. 혹여 이 거친 세상에서 내 아이가 뒤처질까 하는 불안함과 조급함이다. 내가 할 수 있는 한 영양분을 듬뿍 주고 싶은 그 마음 말이다. 그러나 기억하자. 모든 필요와 발전은 결핍에서 왔음을.

당신은 지금 자녀에게 무엇을 주고 있는가?
넘치는 풍요인가, 적절한 결핍인가?

4.
페르소나를
수시로 바꿔 쓰자

"나는 엄마의 부하 직원이 아니란 말이야!"

어릴 적 내 아이가 자주 외친 말이다. 굼뜨고 매사 흘리고 다니는 아이를 볼 때마다 나는 답답했다. 그럴 때면 아이에게 이다음에 커서 회사에서 능력 없는 사람이 된다고 은근한 협박을 했다. 성장 과정에서 아이가 느리고 실수하는 것은 당연한데 그걸 회사 직원들과 비교하다니, 나도 참 못난 엄마였다.

인기 있는 배우자 직업 중 하나가 교사다. 그런데 막상 선생님과 사는 지인들은 불만이 많다. 배우자가 학생 대하듯 가족에게 지시하고 시킨다는 것이다. 본인은 입으로만 떠들고.

어릴 적 우리 반에는 군인 아버지를 둔 친구들이 많았다. 군인 아버지 탓에 가정은 병영생활의 연장이었다. 아들은 아버지로부터

얼차려에 기합도 받았다. 군인 남편을 둔 아내는 남편을 상관 모시
듯 대했다. 심기를 건드렸을 때 밥상이 날아가고 자식들 앞에서 싸
대기도 맞았다. 왜 그들은 가족에게 위압적이고 폭력적이었을까?

다양한 역할에는 다양한 페르소나가 필요하다

우리는 모두 태어난 이후 각종 관계망 속 일원이 되어 살게 된
다. 자식, 부모, 형제, 친구, 동료, 학생, 부하 직원, 상사, 사위, 며
느리, 할머니, 할아버지 등등. 살면서 적어도 스무 가지 정도의 역
할을 하지 않을까? 이때마다 그 역할에 적합한 페르소나가 필요하
다. 가정에서 페르소나와 직장에서 페르소나, 그 외 다른 집단에서
페르소나는 다를 수밖에 없다. 그런데 문제는 이걸 구분 못 하는
데서 발생한다. 집에서 지시하는 선생님, 가족에게 군기 잡으려는
군인, 부하 직원 다루듯 딸아이를 대하던 내가 대표적 예이다.

드라마 〈이상한 변호사 우영우〉를 보자. 자페스펙트럼 장애가
있는 주인공은 평범한 사람보다 맥락을 읽기 어려워한다. 그래서
주변 상황과 역할에 따라 적절하게 대응하기 어렵다. 상황과 의뢰
인에 따라 잽싸게 페르소나를 바꾸는 권모술수 권 변호사와 대비
된다. 멀티 페르소나를 구사하기 어려운 우영우는 주위 사람을 당
황하게 하지만 자신의 한계를 강점으로 비범하게 문제를 풀어낸
다. 가면의 삶에 피로한 우리는 우영우를 보며 입꼬리가 올라가고
마음이 맑아진다. 그러나 이것은 판타지다. 세상을 한두 가지 페르
소나로만 살아간다면 드라마처럼 사랑스러운 게 아니라 사회에 적

응하지 못하고 소외되는 안타까운 사람일 것이다.

한 가지 페르소나로 버텨야 하는 사람들

한편 특정 페르소나의 굴레에 갇혀 사는 사람들이 있다. 주로 공인이거나 연예인이다. 그들에게는 이미 세상이 그에게 씌워주었고 스스로 견고하게 만든 강렬한 페르소나가 있다. 이것을 '패리스 힐튼 페르소나'라고 한다. 그녀는 언제나 완벽하고 화려하고 파격적인 모습으로 존재감을 드러낸다. 스스로 바비 인형 페르소나를 벗지 않는 패리스 힐튼. 아마 잠잘 때도 가면을 쓰고 있지 않을까?

반대로 현재 쓰고 있는 멋진 페르소나를 가짜라 여기며 가면 뒤의 초라한 자기 모습을 들킬까 불안해하는 '가면 증후군'도 있다. '난 엉터리인데, 단지 운이 좋았을 뿐이야. 실력을 들키면 어쩌지?' 지점장 발탁으로 나도 잠깐이나마 써봤던 페르소나다. 그들은 자신이 이룬 성공을 의심하며 즐기지 못한다. 주로 성공한 사람들에게 나타난다. 유명 여배우 나탈리 포트먼과 미셸 오바마도 겪었단다.

한두 가지 페르소나로만 살아가든, 상황이 만든 페르소나를 자기 것이라 믿고 살아가든, 성공 페르소나 뒤에서 자신과의 불일치에 떨고 있든, 이 모두가 자기소외와 부적응의 모습들이다.

페르소나는 고대 그리스인이 연극에서 쓰던 가면을 뜻한다. 연극이 끝나면 가면을 벗어 버리고 자기 자신으로 돌아간다. 그런데 많은 교사, 군인, 직장인들은 일할 때 쓰던 가면을 벗지 않은 채 가족을 대한다. 이들은 자신이 특정 페르소나를 쓰고 있다는 사실조차도 종종 잊어버린다. 시간이 지날수록 그 페르소나는 자신의 피부와 구별되지 않을 정도로 딱 붙어버리고 진짜 얼굴처럼 느끼기도 한다. 직장생활을 할 때 내가 딸에게 했듯이 말이다. 살아가는 데 필요도 하지만 경계도 해야 하는 페르소나. 우린 어떻게 페르소나를 다루어야 할까?

첫 번째,
각각의 페르소나를 구분하자. 역할이 바뀔 땐 모드를 바꾸자

흔히 페르소나를 진실을 감추기 위한 가면처럼 부정적으로 생각한다. 그러나 칼 융 선생님은 페르소나는 우리 본래의 자아가 외부 세계와 관계를 맺기 위해서 꼭 필요한 것이라고 말씀하셨다. 사회적 존재인 인간에게 페르소나는 필수다. 다만 세상과 관계를 맺기 위한 페르소나를 역할별로 다르게 써야 한다. 특히 가정용 페르소나와 회사용 페르소나를 구분해야 한다. 직장에서 쓰고 있던 페르소나를 집으로 그대로 쓰고 들어와 자녀와 배우자를 마주하는 일은 없도록 하자.

그러기 위해 한 가지를 제안한다. 퇴근 후에 일정한 리츄얼 (ritual)을 정하자. 일명 모드 바꾸기! 회사 일로 꽉 찬 머리를 가지고 귀가하지만, 현관문 손잡이를 돌리기 전에 잠시 멈추자. 머리와 몸을 가볍게 흔들고 손과 옷도 탁탁 털자. 낮에 나를 지배하고 있던 것들을 먼지처럼 털어 버리자. 그리고 천천히 대여섯 번 호흡하자. 그러다 보면 전투 모드였던 몸과 마음이 이완되고 잔뜩 성나 있던 교감신경이 호흡과 함께 가라앉는다. 그리고 얼굴에 붙어있는 가면을 벗어 버리는 것처럼 턱에서 이마 쪽으로 손을 쓰~윽 쓸어 올리자.

과학적 근거가 있다. 하버드대 심리학자인 에이미 커디는 『프레즌스』에서 설명한다. 그는 자세를 바꾸거나 몸을 약간 움직이는 것만으로도 마음이 변한다는 사실을 증명했다. 실제로 의도적인 신체 조작, 자세 변화를 하기만 해도 분비되는 호르몬이 달라진다. 중요한 면접이나 프레젠테이션을 앞두고 화장실에 들어가 혼자 원더우먼 자세를 취하는 것이 그 예이다. 어깨를 짝 펴야 일이 잘 풀리고 복이 들어온다는 어른들 말씀은 과학이었다. 에이미 커디는 하루 5분의 프레즌스 동작을 권한다.

그러나 아파트 문 앞에서 5분이나 서성거리면서 몸을 털어 대고 얼굴을 쓰다듬고 있으면 이웃의 의심을 받을 수 있다. 다음날 아이를 통해 그 댁에 무슨 일 있느냐는 은근한 질문이 들어온다. 요령껏 하자. 그저 1분의 리츄얼이면 충분하다.

두 번째,

진짜 나를 잃어버리지 않기 위해 페르소나를 느슨하게 쓰자

페르소나를 각각 역할별로 구분해서 쓰는 것도 중요하지만 어떤 페르소나도 결코 나 자신의 참모습이 아님을 알아야 한다. 나의 본성이 무엇에 가깝고 그래서 나는 어떤 사람이고 무엇을 원하는지를 의도적으로 생각하는 시간을 갖자. 특정 페르소나를 오래 쓰고 자신과 동일시하게 되면 그 역할이 끝났을 때 우리는 정체성의 혼란을 겪게 된다.

퇴직으로 조직의 페르소나를 벗게 되면 많은 사람이 당황한다. '나는 누구? 여긴 어디?' 그래서 벗겨진 페르소나를 다시 쓰기 위해 퇴직 후 수년간 회사 근처를 서성거리는 '라떼' 선배들이 있다. 들어줄 후배들조차 다 떠나면 그때부터 우울증이 시작된다.

자신을 잊고 가족 돌보기에 헌신한 엄마들이 자녀가 떠나고 돌볼 대상이 더는 없을 때 밀려오는 '빈집 증후군'도 비슷한 현상이지 않을까? 지금은 필요한 페르소나를 야무지게 쓰고 그 역할을 적극적으로 해내자. 동시에 이것이 언젠가 벗어야 할 가면임을 잊지 말자. 그러기 위해 가까운 사람들과는 페르소나를 벗고 소통하자. 자주 썼다 벗었다 하지 않으면 페르소나는 얼굴에 붙어버린다.

회사를 떠나면 진짜 나를 찾아 떠나보자

나 또한 수십 년간 회사용 페르소나를 쓰고 직장과 가정을 넘나들었다. 그러다 보니 아이를 부하 직원 보듯 대하고 비용 효율성과 책임을 묻기도 했다. 때로는 남편을 뺀질대는 직장 동료처럼 보기도 했다. 그러다 얼마 전부터 직장의 페르소나와 엄마, 아내의 페르소나를 비로소 구분하기 시작했다. 한편으로는 페르소나 이면의 내 모습에 대한 고민도 시작되었다. 나는 정말로 어떤 사람인가? 역할 페르소나를 벗은 나는 누구인가? 인생 후반은 이런저런 페르소나로 가려진 진짜 나를 찾아가는 긴 여행이 될 것이다.

직장에서 고단하게 일하고, 보살펴야 할 식구들이 기다리는 집으로 돌아가는 워킹맘들이여. 퇴근할 때는 회사 페르소나를 책상에 놓아두자. 집 앞에서 잠깐 몸을 털고 엄마와 아내의 페르소나를 쓰고 자녀와 가족을 만나자. 그리고 이 모든 페르소나를 벗어 버리고 혼자만의 시간도 가지자. 그래도 아이들은 잘 크고, 조직도 잘 돌아가고, 세상도 잘 돌아간다. 내가 나를 잃어버리는 게 더 큰 문제이다.

지금 당신이 쓰고 있는 페르소나는 무엇인가?

5.
나만의 공간을 가졌는가?
딴생각, 딴짓 좀 하자

"선배님. 지난번 말씀하신 '걸려 넘어진 곳에서 황금을 발견했다'라는 칼 융의 인용이 마음에 와닿았습니다. 저는 아직 인생의 오전 시간을 다 보낸 것은 아니지만 오후, 후반부 인생을 위해 잠시 쉬어 가려 좀 긴 휴가를 떠납니다."

후배로부터 장문의 문자가 왔다. 순간 마음이 쿵 했다. 뭔 일이 있구나 싶었다. 바로 전화를 거니 받지 않았다. 다음날 통화가 되었다. 역시 병원이었다. 더 정밀한 검사 결과를 기다리는 중이지만 일단 몹쓸 병을 발견했다고 한다. 불쑥 나오려는 한마디를 겨우 삼켰다. '내 그럴 줄 알았어!'

회사 일에, 집안일에 몸이 부서지는 후배. 그러나 결국은?

40대 중반인 그녀는 치열하게 일하는 것으로 정평이 나 있다.

동료는 이런 그녀를 꼭 필요한 존재로 인정하긴 하나 한편으론 부담스럽게 여긴다.

"박 차장. 일 하나는 최고지. 근데 같이 일하기엔 좀 피곤해. 대충 넘어가는 게 없어."

러시아워를 피해 일찍 출근하던 나는 어느 날 아침, 그녀와 딱 마주쳤다. 아니 벌써 출근? 그러나 알고 보니 전날 집에 못 들어가고 회사 근처 모텔에서 자고 나온 것이다. 혼자 모텔에서 자는 것이 무서워 남편까지 불러 눈 붙이고 아침 일찍 나왔다. 그 남편은 무슨 죄? 그렇게 몇 달을 고생한 끝에 목표 시간 내에 프로젝트를 끝냈다.

그녀는 아이가 셋이다. 회사에서 빡세게 일하고, 퇴근하면 시부모를 포함한 일곱 식구 먹거리를 혼자 준비한다. 새벽까지 국 끓이고 반찬을 만든다. 최근에는 방황하는 큰아이 문제로 회사 탕비실과 화장실에서 눈이 빨개진 모습이 자주 목격되었다. 옆에서 지켜본 내가 다 숨이 찼다. 그녀에게는 잠시라도 숨을 공간이, 자기만의 공간이 있을까? 지금 이렇게 빡이 난 그녀에게 나는 막냇동생 보듯 부아가 치민다. 이 친구야! 자기 몸도, 마음도 좀 살펴야지. 자신이 제일 소중하단 말이야!

시어머니의 마지막 선물

신실한 불자 친구가 있다. 경청과 맞장구의 대가이며 성품도 온화하여 친구들이 참 좋아한다. "저런 사람과 살면 어떨까?"라는 남편 말에 나도 모르게 고개가 끄덕여진다. 친구에게는 지방에서 혼자 지내는 90대 중반의 시어머니가 있다. 그래서 수시로 지방을 오가고 생필품을 챙겨 드린다. 그동안 내 친구의 헌신으로 고부간 관계가 무척 좋았다. 그런데 작년 말부터 시어머니의 치매가 시작되었다. 다른 것은 멀쩡한데 며느리에게 턱없는 타박을 했다. 방에서 몰래 돈을 가져갔네, 아끼는 물건을 훔쳐 갔네, 나를 넘어뜨렸네 등등. 아들과 친지, 동네 사람들을 붙잡고 하소연을 한다. 치매 중 망상 증세였다.

친구는 당혹감과 배반감으로 한참 속병을 앓았고 머리가 하얗게 세었다. 시어머니의 뒤집어씌우기가 계속되자 남편은 부인이 했던 역할을 대신하기로 했다. 그때까지 집안 대소사를 부인에게 맡기고 늘 한발 물러나 있던 남편이었다.

시어머니와 접촉할 일이 없어지자, 여유가 생기면서 친구는 씩씩하게 털고 일어났다. 미뤄왔던 불교대학을 다니며 마음공부를 하고 명상을 시작했다. 요가도 하고 스윙 댄스도 배우며 즐거워한다. 항상 가족과 주변을 그림자처럼 살피던 그녀가 환갑을 코앞에 두고 이제 자신을 보살필 수 있게 되었다. 그런 친구에게 우린 입을 모아 말한다.

"친구야. 시어머니가 가시기 전에 너에게 큰 선물을 주시는구나."

어쨌든 내 친구는 이제야 자신만의 공간을 확보했다. 다행이다.

나 또한 몇십 년간 직장과 가정이라는 두 영역을 분주히 오갔다. 거기에 '나'는 거의 없었다. 나만의 공간을 만들 틈이 없었다. 아니, 없었다고 생각했다. 그러다 나이 50을 넘기고 달리던 길에서 멈칫했다.

농사가 아니라 숨 쉴 수 있는 공간, 작은 정원

느닷없이 농사를 지어야겠다는 생각이 들었다. 주말마다 땅을 보러 다니는 생활이 시작되었다. 주변에서 백이면 백 사람 다 말렸다. 농사는 아무나 하는 게 아니라고. 부동산 전문가인 동료는 대놓고 말렸다. 자고로 물소리, 새소리 나는 곳에 돈 들이면 망한다고. 사람은 차 소리, 사람 떠드는 소리 나는 데 살아야 한다고. 그래도 포기할 수 없어 한동안 전국을 쏘다녔고 제법 진지하게 계산기를 두드린 적도 많았다.

그러다 지레 체념하고 몇 년 전에 불현듯 아파트 생활을 청산했다. 출퇴근이 가능한 서울 외곽에 조그만 집 한 채를 지었다. 이사 후에 주말마다 손바닥만 한 정원에 나가 땅을 헤집고 뒤집고 잡초, 벌레와 씨름을 벌인다. 겨울에 죽은 듯이 얼어 있던 꽃과 나무들이 이른 봄, 앙증맞은 촉을 슬며시 내밀며 쑥쑥 올라온다. 들여다볼수록 기특하고 신기하다. 한쪽 구석에 심었던 꽃양귀비가 사방에 씨를 뿌리더니 다음 해 마당을 빨갛게 점령했을 때의 놀라움이란!

조그마한 공간에서 펼쳐지는 생명의 경이로움을 지켜보는 시간은 내게 큰 평화와 행복감을 준다. 부장이 되고 임원이 되며 치열했던 순간들. 실수도 많이 하고 넘어지기도 했던 그 기간에 나만의 정원은 위로의 공간이었다. 뜨거웠던 머리로 고단한 하루를 마치고 퇴근하면 먼저 정원으로 향한 문을 한 번 쓱 열어젖힌다. 흙과 생명체들의 냄새, 붕 뜨고 번잡한 마음이 슬쩍 가라앉는다. 그래. 내가 목말랐던 것은 농사보다 이렇게 숨 쉴 수 있는 공간이었다. 밖에서 딴딴해진 감정의 압력이 스윽 빠져나가는 나만의 공간.

우리에겐 딴생각, 딴짓이 필요하다

이 글을 읽는 워킹우먼들은 어떤 공간을 가졌을까? 힘들고 지칠 때 찾아갈 나만의 공간, 수시로 드나들며 마음과 몸을 돌보며 이완할 각자의 공간은 무엇일까?

병상에 누워 결과를 기다리는 나의 안타까운 후배, 힘내시라. 어서 회복하시고 이제 새로운 공간을 만들자. 회사의 공간, 가족의 공간 말고 나만의 공간을 말이다. 나 자신을 내가 돌보지 않으면 누가 돌보겠는가? 직장에서 부대끼고 집에서도 온전히 쉬지 못하는 여성들에게 말한다. 우리만의 공간을 확보하자.

MZ 친구들은 회사 문을 나서는 순간 전혀 다른 공간으로 향한단다. 그들은 퇴근 후 요가와 격한 스포츠를 즐기고 유튜버로도 활동하며 딴사람이 된다. 이미 자기만의 공간이 필요하다는 것을 진작 알아버린 영특한 친구들. 이제 그들에게서 배우자. 우리도 하나쯤은 우리만의 공간을 가져보자. 누가 알겠는가? 나만의 공간이 은퇴 후 두 번째 업으로 이어질지도.

지금 당신의 딴생각, 딴짓은 무엇인가?

chapter 3

이제와 돌아보니
내가 놓친
정말 중요한 것들

1.
일을 많이 하면
일이 안 돌아간다

"잘할 것 같아 시켰는데 기대와 다르네. 뭐가 문제지?"
부장 승진 후 상사의 피드백이었다.

24세에 회사에 들어갔다. 열심히 일도 했고 회식도 1차, 2차, 막차까지 쫓아다녔다. 사실 회식을 즐기기까지 했다. 아버지의 술 체질을 물려받았다는 것도 그때 알았다. 태어나서 꽃등심과 사시미, 홍어회를 처음 먹어보았다. 단고기에도 도전했다. 세상에 이렇게 맛있는 게 많다니! 세상은 넓고 먹을 건 많았다. 아주 신났다. 몸 안 사리고 일하고, 술까지 잘 먹는다고 예쁨도 받았다.

씩씩하게 동분서주하며 사원에서 대리가 되었고 그즈음 술고래가 되었다. 과장이 되고 더욱 열심히 일했고, 운도 좋아 남보다 빨리 지점장이, 부장이 되었다. 발탁해 준 조직에 고마워서 더욱 힘껏 일했다. 그러나 그때부터 뭔가 삐거덕거린다는 느낌을 받았다.

부장 승진 후에는 빠르게 업무를 파악하기 위해 더욱 노력했다. 몇 달 동안 주말마다 자료를 한 보따리씩 집으로 싸서 갔다. 눈이 물러질 정도로 결재 서류도 꼼꼼하고 완벽하게 검토했다. 부하 직원들에게도 편애 없이 공정하게 대한다고 자부했다. 매사에 합리적 근거로 판단했고 조그만 일도 정직하게 처리했다. 그런데 뭐가 문제냐고? 억울했다. 하지만 부정하기 어려웠다.

옆을 돌아봤다. 남자 부장들, 그들은 참 여유로웠다. 업무도 잘하고 주변 관계도 무난했다. 반면 나는 누구보다 철저히 업무를 했고 잘못된 관행에는 목소리를 높였다. 일 처리에는 점점 더 완벽을 추구했고 팀원들에게 최선을 요구했다. '나처럼 하란 말이야!' 하루가 너무 짧았고 타 부서와 교류할 여유도 없었다. 일이 끊이지 않았다.

그러다 어느 순간 고개를 들었다. 나만 일하고 있었다.

"어차피 부장이 다 고칠 텐데 대충해서 올리자. 우린 시키는 대로 하자."

부하 직원들은 팔짱을 끼고 나를 주시하고 있었다. 세평도 바뀌었다. 일 잘하고 합리적이지만, 융통성 없고 깐깐한 사람이 되었다.

한마디로 일을 많이 할수록 일이 안 돌아갔다. 그때부터 나의 승진은 멈췄다. 누구든 그렇게 하면 딱 거기까지다. 동료 남성 부장들은 착착 올라가고 나중엔 여성 후배들에게도 추월당하고 그러다가 임원 승진 풀에서 빠져버린다.

조직생활에서 필요한 역량은 무엇일까?
일 잘하는 것 말고 더 무엇이 필요한가?
어떤 사람이 성장과 성공의 사다리에 있는가?

일이 곧 관계다. 머리 박고 일만 하면 일이 안 된다

신입 때는 업무 익히기에 바쁘다. 모든 것이 처음이고 익혀야 할 지식과 프로세스가 많다. 일(work):관계(relationship) 비율이 9:1 정도이다. 차, 과장이 되면 일:관계가 대략 7:3, 부장이 되면 5:5 또는 4:6으로 역전된다. 임원이 되면 3:7, 아니 그 이상이다.

이미 조직 내에서 내가 혼자 할 수 있는 일은 거의 없다. 구성원들을 움직여야 하고, 옆 부서와 협업해야 하고, 임원들에게 설명하고 설득해야 한다. 그런데 논리만으로 사람을 움직일 수 있는가? 심리학이나 행동경제학에서 인간의 의사결정이 합리적이지 않음을 증명하고 있다. 상당 부분 감정과 평소의 관계 형성이 작용한다. 따라서 머리 박고 일만 해서는 원하는 것을 얻을 수 없다.

여성들은 대부분 일 중심이다. 그래서 초기에 상사들은 여성들의 일 처리에 만족한다.
"정 대리는 일을 참 깔끔하게 해. 내가 손볼 필요도 없지."
여성들은 자신의 기준에 못 미치는 주변 직원이 이해되지 않는다. 특히 남성들 말이다. 매일 술 마시고 근무 시간에 이 부서 저

부서, 이 사람 저 사람을 만나 노닥거리는 게 거슬린다. 그러면서 고과는 먼저 챙기고 승진도 먼저 한다.

조직의 합리성도 의심해 본다. 그럴수록 더 열심히 일하는 것으로 돌파구를 삼으려 한다. 그녀들은 점차 날카로워지고 피해 의식도 커진다. 어느덧 그녀는 실력은 있으나 너무 원리 원칙적인 사람, 유연성이 부족한 사람, 그래서 상대하기 껄끄러운 사람이 되어 간다.

여성들이여. 올라갈수록 일을 내려놓자. 내가 안 챙기면 오류가 있을 거란 강박에서 벗어나자. 오류는 일어날 수 있다. 직원들은 실수와 함께 성장한다. 내가 모든 일을 챙기면 그들의 성장은 그만큼 늦어진다. 그리고 나는 점점 지쳐간다. 여성들이 흔히 놓치는 것이 승진 후 요구되는 리더십 체인지이다. 이제 실무자에서 촉진자, 조정자, 협상가로 변신하자.

일이 무엇일까? '일=업무'라는 1차원적 사고로는 기껏해야 중간 관리자까지밖에 못 올라간다. 일은 업무와 관계를 모두 포함하고 있다. 그리고 위로 올라갈수록 관계의 비율이 커진다. 사람들을 움직이고 협업하고 갈등을 해소하는 것, 관계 관리가 일이다. 그러니 관계가 곧 일이고 이것이 리더십이다.

당장 엉덩이를 떼고 돌아다니자

얼마 전 후배가 찾아와 투덜거렸다. 업무에서 누구보다 치열하고 대충 묻어가려는 동료를 딱 질색하는 후배다. 평소 옳은 소리를 거침없이 이야기하는 게 그녀 특기이다.

"사람들이 왜 그래요? 제발 저는 일만 하게 해 주세요. 다른 것은 아무것도 신경 쓰고 싶지 않다고요."

일만 하고 싶다고? 후배여, 그럴 거면 사표 내고 창업을 해라. 그러나 개인 사업을 해도 결국 문제는 '관계'일 걸? 혼자 이룰 수 있는 일은 어디에도 없다.

워킹우먼들에게 고한다. 지금 의자와 헤어지고 사람을 만나자. 일은 당신이 하는 게 아니라 직원들이 하는 것이다. 오늘 하루 중 동료에게 찾아가자. 차 한잔하며 회사 방향성에 관해 이야기도 나누고 회사 내 야사도 듣자. 서로 고민을 나누고 때론 그의 열 받은 이야기도 들어주자. 언젠가 필요할 때 그들도 내 의견에 한 번 더 귀 기울여 줄 것이다.

당신의 하루는 어떤가?
대부분 고개 박고 일만 하는가? 그렇다면 수시로 일어나자.

2.
혼자 가기보다
연대하자,
사다리와 동아줄

또 한 번의 연말이 지났다. 해마다 12월에는 직장인들의 희비가 갈린다. 누구는 환호하고 축하를 받지만, 누구는 고개를 떨구며 짐을 싼다. 나 또한 해임 통보를 받고 멍한 상태로 주섬주섬 짐을 쌌다. 어떤 이가 꾸준히 올라가고, 어떤 이가 중도에 멈추고 집으로 가는가? 특히 끝까지 간 여성 리더들의 비결은 무엇일까?

"남자들은 담배 피우고 당구 치면서 정보도 나누고 중요한 결정도 하는 것 같아요. 한때는 흡연실까지 쫓아가기도 했는데 이젠 싫더라고요. 이럴 때 여자로서의 한계를 느껴요. 선배님은 어떻게 하셨어요?"

마침 세 자녀를 둔 40대 정 차장이 물어왔다.

글쎄, 나는 어떻게 했더라? 입사 초기부터 단단히 맘을 먹었던 것 같다. 결코 중심에서 밀려나지 않겠다고. '인싸'가 되겠다고. 그래서 바빴다. 모든 술자리에 죽어라 쫓아다녔다. 룸살롱이 유행인 때였다. 남자 직원들이 여성 파트너들과 짝을 지어 놀 때 나는 홀로 술잔을 기울였다. 살롱! 유럽에서 문화 부흥을 이끈 귀족의 살롱 문화가 한국에서는 어쩌다 은밀한 술 파티 장소로 둔갑했을까?

장례식, 결혼식에도 빠짐없이 얼굴을 내밀었다. 장례식에 가서는 시차를 두고 입장하는 선배들, 윗사람들을 맞으며 일어섰다 앉기를 반복하며 쉽게 자리를 뜨질 못했다. 12시를 훅 넘기고 마지막 무리에 끼어 나왔다.

그때는 일하는 풍경이 지금과 사뭇 달랐다. 한 명이 하는 일을 서너 명이 했고 근무 시간 중 자주 자리를 비웠다. 남자들은 눈짓 하나로 우르르 몰려 나가 복도에서 담배를 피웠다. 나도 복도까지 동행했다. 통풍도 안 되는 복도에서 담배 연기를 흡입하면서 자연스레 대화에 끼었다. 간접흡연으로 그들보다 몇 배의 니코틴을 들이마셨다. 주말 행사에도 빠지지 않았다. 결혼식에, 등산에, 골프에. 꽤 성과도 있었다. 사내 야사에도 밝았고 여성 직원들보다 남성 직원들과의 관계도 돈독했다.

그러나 대가는 컸다. 늦은 귀가, 이튿날의 숙취, 건강은 물론이고 가족과 보내는 시간이 부족했다. 주말마다 맥없이 뻗어 있는 나를 보고 아이는 말하곤 했다.

"엄마는 다른 집 아빠 같아. 맨날 늦게 들어오고 집에서는 말도 없고."

나이 들어가면서 몸도 시간도 따라가지 못하자 이런 생활이 점점 멀어졌다. 아니 시간의 문제가 아니라 생각이 바뀌었다. 꼭 이래야 성공하는가? 나는 중도에 포기했다. 그러나 끝까지 '인싸'를 쫓았던 맹렬 여성들은 최고의 자리에 올랐다.

여전히 남성 중심 사회의 언저리를 서성이며 나와 같은 고민을 하는 정 차장의 질문에 나는 착잡해졌다. 아직도 여성을 둘러싼 회사 환경이 크게 바뀌지 않았는가? 중도에 포기한 내가 무슨 현명한 답변을 할 수 있을까? 그동안의 조직생활에서 여성과 남성이 성장하고 성공하는 과정을 곰곰이 되새겨 보았다.

함께 사다리를 탈 것인가? 혼자 동아줄을 오를 것인가?

사다리와 동아줄이 떠올랐다. 남성들이 사다리를 타고 올라간다면 여성들은 동아줄로 올라간다. 남성들은 일렬로 차례차례 사다리를 밟고 올라간다. 위에서 손잡아 주기도 하고 삐끗해도 밑에서 받쳐준다. 물론 중도에 추락하는 사람도 있지만 한번 사다리를 타면 꾸역꾸역 올라가는 구조여서 중도에 포기하기도 힘들다.

반면 여성들은 홀로 동아줄을 오른다. 오로지 자신의 근력만으로 한 손 한 손 힘겹게 위로 오른다. 대개는 한쪽 팔에 가사와 육아라는 보따리를 매달고 있다. 그러니 대부분은 힘에 부쳐 더는 올라가지 못하고 가까스로 매달려 있거나 힘없이 툭 떨어지기도 한다. 힘들어서 잠시 손을 놓을 때 잡아주고 받쳐주는 위아래가 없기 때문이다.

　물론 자신의 근력만으로 사다리보다 빠르게 동아줄을 올라간 원더우먼도 있었다. 신문에서 접하는 특별한 능력자다. 반면 남성들의 사다리 반열에 비집고 들어간 여성들도 있었다. 찌든 담배 냄새에, 매일 먹고 마시는 음주에 지쳐서 정 차장과 내가 중도에 포기한 그 사다리다. 그 과정에서 남성들이 경계도 했으나 홍일점인 그녀의 투지와 노력에 박수를 쳐주며 길을 비켜 주기도 했다.

여성만의 사다리를 만들자

　정 차장! 이제 우리 남성들의 사다리를 기웃거리지 말자. 이제는 여성들만의 사다리를 만들어 보자. 오로지 혼자만의 근력으로 동아줄을 오르는 것은 힘들고 목적지까지 갈 가능성도 적다. 흡연실과 당구장이 아닌 우리만의 공간을 만들자. 함께 정보를 교환하고, 서로 힘들 때 밀어주고 필요할 때 끌어주자. 혹여 그대가 선배들로부터 받은 게 없더라도 후배들을 위해 사다리가 되어주자. 누군가는 시작하자.

　세월이 꽤 흘렀다. 사회 곳곳에서 견고했던 남성 중심축이 흔들리고 있다. 이제 여성들은 여러 분야에서 반 이상의 비율을 차지하기도 한다. 자연스럽게 여성들만의 사다리가 놓이고 있다. 함께 한 동료와 좋은 관계를 유지하면서 서로 받쳐주자. '여자의 적은 여자다'라는 근거는 모호하지만, 뼈아픈 속설이 있다. 과거 우리네들이 각자의 동아줄을 타는 상황에서 서로 배려할 여력이 없어서 나온 말이라 생각한다.

혼자 빨리 가지 말고, 함께 멀리 가자. 서로의 등을 밀어주고 손을 잡아 주면서 가자. 남성 중심의 사다리에서 우리의 정체성을 잃어가며 중성화되기보다 우리의 고유함으로 성공하자. 물론 나는 남녀 구별 없이 공정하고 조화로운 하나의 사다리를 꿈꾼다. 딸들의 세상에서는 이루어질까?

3.
Brave, Not Perfect!
손부터 번쩍 들자

코칭 공부를 시작하면서 책을 많이 읽게 되었다. 아니, 정확히 말해서는 책 훑어보기를 자주 한다. 내 단골 인터넷 서점은 매일 신간 리스트를 보내준다. 굳이 읽지 않아도 손가락 하나로 세상의 변화를 감 잡는다. 이렇게 많고 다양한 책들이 하루 새에 쏟아져 나오다니 놀랍다.

제목과 표지를 훑는 것도 꽤 재밌다. 특히 밀레니얼 친구들의 책은 제목부터 원초적이고 직관적이다. 『쾌변을 위한 사소하고 잡다한 놀이』, 『나를 힘들게 하는 또라이들의 세상에서 살아남는 법』, 『여자를 위한 수염은 없다』 등등. 참신하다.

그러다 내 시선을 딱 멈추게 한 제목이 있었다. 어느 외국 작가가 쓴 『Brave, Not Perfect!』. 그래! 이거다. 내가 평소 여성 후배들에게 하는 외침을 딱 한 마디로 표현했다.

완벽하기보다는 용기를!

"김 차장, 이번에 팀장을 맡아야겠어요. 자격도 충분하고 때도 되었지요?"

평소 뭘 맡겨도 척척 해내는 김 차장에게 기쁜 맘으로 이야기를 꺼냈다. 내가 차세대 여성 리더로 점 찍은 친구였다. 그러나 돌아온 것은 예상치 못한 반응이었다.

"저, 부사장님, 저는 그냥 일만 할래요. 팀장은 사양하겠습니다."

엥? 이게 무슨 말? 누가 일하지 말랬나? 평소에 겸손한 친구도 아니었다. 적극적이고 저돌적인 추진력으로 주위를 압도하는 친구였다. 그런데 발을 빼는 것이다. 이유를 물어보았다. 하지만 이리 묻고 저리 물어도 팀장 자리를 고사하는 명확한 이유를 알 수 없었다.

결국 김 차장은 자기 자리에 그냥 머물렀고 옆자리 남자 차장이 팀장이 되었다. 몇 달 후 자신의 상사가 된 그를 두고 그녀는 한마디 툭 뱉었다.

"이렇게 일이 안 돌아갈 줄 알았으면 제가 팀장 할 걸 그랬어요."

이제 와서 이게 무슨 말? 그때 팀장을 고사한 이유는 무엇인가?

우리는 다시 머리를 맞대고 이야기했다. 그리곤 그때의 거절이 용기 부족과 완벽성에 대한 집착임을 알게 되었다. 자격은 충분했으나 더욱 잘 해내야 한다는 강박관념이 이유였다. 초반에 버벅거리고 실수할 자신을 마주할 용기가 없었다. 그러다 우왕좌왕하는 신규 팀장을 지켜보며 그가 자신보다 준비가 덜 되었다는 걸 깨달았다. 차 떠난 다음에 손 흔든 꼴이다. 현재 그녀는 팀원에 계속 머물러 있고, 남자 팀장은 곧 안정을 찾고 다음 해 부장으로 승진했다.

완벽해야 시작하는 여성들, 손부터 번쩍 드는 남성들

성격 좋고 일도 스마트하게 하는 여자 대리와 같이 일할 때였다. 옆 부서에서 사람을 찾는다며 추천을 요청했다. 누가 봐도 핵심 부서였다. 주저 없이 김 대리를 추천했다. 해당 부서 직원들도 그녀의 온화한 성품과 업무 능력에 대환영이었다.

감사하다며 가족과 의논하겠던 그녀는 다음 날 그 자리를 사양했다. 이유는 남편의 반대. 아이도 어린데 야근이 예상되는 직무를 하면 가정생활에 지장을 준다는 것이다. 곧이어 그녀는 육아를 위해 자원해서 집 근처 지점으로 옮겼다. 한참 후 다시 만난 그녀는 평범한 지점 직원이었다. 이미 지점장, 부장이 된 동기들을 바라보며 스트레스를 받고 있었고 상사인 나에게 승진을 부탁했다.

이 또한 차 떠난 다음에 손든 거다. 그때 남편의 반대에 No를 할 수 있는 용기가 있었다면, 직장과 가정생활 둘 다 완벽해야 한다는 강박관념을 내려놓았다면 어땠을까? 그것이 꼭 가정생활의 구멍을 가져올까? 해보지도 않고 포기한 경우이다.

남성들은 어떤가? 그들은 준비 전이라도 기회가 오면 주저 없이 받아들인다. 아니 기회를 찾아 문을 두드리고 손을 번쩍 든다. 한 발 더 나가 원하는 자리를 얻기 위해 안테나를 세우고 미리미리 환경을 만들고 주변에 존재를 알린다. 수시로 부탁과 청탁 사이에서 아슬아슬한 줄타기를 한다. 완벽해야 시작하는 여성들, 일단 뛰어 들어 부딪치면서 전진하는 남성들. 이들의 차이는 어디에서 왔을까?

어릴 때 교실을 떠올려 보자. 선생님께서 질문이라도 하면 교실이 소란스러워진다. 남자애들은 무조건 "저요, 저요!"를 외친다. 답을 알면 다행이고 틀려도 어깨 한 번 으쓱하면 그만이다. 반면 여자아이들은 어떤가? 확실하게 답을 알 때만 야무지게 손을 든다. 긴가민가할 때는 책상만 뚫어지게 보며 고민한다. 대개는 맘속으로 생각한 것이 정답이다. 이런 딸들 뒤에는 나서지 말고 조신하게 지내라며 속삭이는 부모가 있었다. 반대로 아들들의 등은 한껏 떠밀었다. 실수와 덤벙거림도 격려되었다.
"이놈, 장군감이야. 크게 될 놈일세."
교실과 가정에서 이런 장면이 회사에도 이어진 것일까?

나 또한 부장 시절에 결정적 실수를 했다. 회사에서 특정 부서를 맡으라고 요청하였다. 나는 No 했다. 해결해야 할 이슈가 산더미인 그 부서를 맡고 싶지 않았다. 실패의 가능성이 두려웠다. 잘한다는 소리만 듣고 싶었다. 어려운 부서를 맡아 힘들지만 크게 성장할 기회를 뻥 차 버린 셈이다. 이후 내게 기회가 오지 않았다. 그 후 가까스로 임원이 되어서도 변방을 돌았다. 끙! 직장생활에 큰 후회는 없으나 이것만은 필름을 다시 돌리고 싶다. Yes를 외치고 손 번쩍 들걸!

남성들이 성장하고 성공하는 단순한 비결

여성과 남성의 출발은 같다. 오히려 여성은 집중력도 좋고 성실해서 초반에 앞서 나간다. 그러나 중간 관리자 이후는 남성이 앞서간다. 그들은 손 번쩍 들어 기회를 만들고 핵심 업무를 맡는다. 그리고 실수하며 배운다. 그러면서 도약하고 또 새로운 것에 도전한다. 한마디로 그들은 Brave 먼저, Perfect는 나중이다. 완벽할 필요는 없다. 아무것도 하지 않으면 아무 일도 일어나지 않는다. Perfect는 나중이다. 그러면서 그들은 점점 거물이 되어간다. 이래서 세상 CEO들이 대부분 남자일까? 물론 여성의 성장에 용기만 필요한 것은 아니다. 그렇다고 남성의 이너 서클, 사내 정치, 끼리끼리 문화와 이에 따른 기회의 불균형, 방탄 천장만을 탓할 것인가? 정작 기회 앞에서 망설이지는 않았는가?

세상은 좀 나아졌다. 나처럼 더는 늦은 밤 술자리에서 탬버린을 흔들지 않아도 된다. 평소대로 깔끔하게 일 처리하고 책임지는 자세와 주변을 포용하는 리더십만으로 충분하다. 그리고 필요한 건 용기! Brave 해야 한다.

당신은 기회 앞에서 주저하는 사람인가?

손 번쩍 드는 사람인가?

기회를 찾아 나서는 사람인가?

4.
더러운 감정도
피하지 말자

"그냥 참을래요. 이 상태로 지내는 게 좋을 것 같아요."

동료 팀장과 수년에 걸쳐 갈등과 긴장 관계에 있던 한 여성 팀장이 나와 몇 차례 코칭 끝에 자포자기하며 한 말이다.

"그 사람 때문에 스트레스가 심하잖아요. 뭐가 두려워요?"

"그 사람과 언쟁하는 것이 무서운 게 아니라, 그 뒤에 남을 나의 감정 처리가 더 문제예요. 그런 문제 때문에 내 에너지를 소모하고 싶지 않아요."

상대는 남자 팀장이었다. 그는 일을 철저히, 열심히 하는 사람이지만 그녀의 말을 빌리자면 자기 확신이 도가 넘는 사람이었다. 그는 공격받았다고 생각되면 전투적으로 대응했다. 그래서 그의 의견이 좀 거칠고 지나쳐도 그녀를 포함한 팀원들은 아예 입을 다무는 상황이었다.

내 감정의 과잉보호! 그 끝은 대상포진

그녀는 자신을 내성적이라 했다. 남의 의견을 정면으로 반대하는 것이 불편하고 따라서 언성을 높이는 사람에게는 빠르게 백기를 든다. 이 경우도 그랬다. 그러나 속마음은 그리 고분고분하지 않았다. 상대의 독선적 태도에 겉으로는 물러나지만 속은 부글부글 끓는 게 문제였다. 이게 계속 쌓이다 보니 얼마 전 대상포진까지 앓게 되었다. 다행히 재택근무를 하게 되어 상대방을 보지 않게 되자 맘이 편하다고 한다. 그런 그녀에게 나는 농담조로 아픈 곳을 찔렀다.

"불안을 품은 평화네요. 언제까지 갈까요?"

그래도 지금이 좋다는 그녀. 안타깝게도 그녀는 자신의 감정을 과잉보호하고 있다.

또 한 명의 여성 리더가 있다. 작지만 빠르게 성장하고 있는 회사의 고위급 자리에 있다. 상냥하고 부드러운 리더십을 가진 여성이다. 그런 그녀 역시 목소리 크고 자기주장이 강한 팀원 때문에 심각한 고민에 빠져 있었다. 그 팀원은 회의에서 발언권을 독점하고 있었다. 심지어 상사인 그녀의 말도 서슴없이 가로막았다. 똑똑한 팀원이긴 하나 그는 조직의 분위기를 망치고 있었다. 다른 팀원들은 단호한 조치를 기대하며 상사인 그녀에게 시선을 집중하고 있었다. 그녀는 문제의 팀원과 1:1 미팅 약속을 잡고 나를 만났다.

"그 팀원에게 무엇을 말할 건가요?"

"미팅을 잡긴 했는데 지금부터 잠이 안 오고 긴장돼요. 해야 할 말을 스크립트로 정리해놓긴 했는데 그날을 생각하면 두려워요."

이 착하고 소심한 양반아. 스크립트로 적어 논다 한들 그대로 읽을 수 있다고 생각하나? 그럴 바엔 명확하게 메일로 말하지.

"무엇이 두려운가요?"

"상대는 나의 충고가 부당하다며 강하게 반발할 거예요. 그러면 나는 반박도 못 하고 있다가 미팅이 끝날 것 같아요."

그래. 그러니까 스크립트가 무용지물이지.

"그런 경우에는 무슨 느낌이 드나요?"

"저는 그런 경우 머릿속이 하얘지고 얼어버려요."

힐! 나이 50이 넘게 조직생활을 하면서 지금 위치까지 올라간 그녀는 뜻밖에 나약했다.

"그러면 무슨 일이 일어나는데요?"

"네? (침묵). 글쎄요. 그 이후는 잘 모르겠어요. 말씀을 듣고 나니 갑자기 띵하네요."

"어떤 느낌이 드는데요?"

"제가 항상 회피하고 도망가는구나 싶어요. 실제 부딪쳐 본 적이 거의 없어요."

그녀는 무엇을 회피하고 있을까? 상대방과의 갈등을? 아니다. 첫 번째 사례를 포함해서 그녀들이 회피하고 있는 것은 다툼 자체가 아니라 그로 인한 자신의 불편한 감정이다.

서로 존중하면서 합리적으로 의견을 좁혀 가는 것이 최선이지만 그래도 회피는 차선이 아니다. 언성이 높아지더라도 정확히 내 의사를 표현하고 상대의 거친 반응도 직면해야 한다. 그 과정에서 감정이 상하고 불편한 것은 당연하지 않겠는가? 어떻게 조직에서 따뜻하고 평화로운 감정만을 느끼겠는가?

불편한 감정도 피하지 말자

여성들은 지나치게 자기감정을 보호하려 전전긍긍한다. 그 결과 목소리를 내야 할 때 말을 삼키고 돌아서서는 끙끙거린다. 감정이 출렁거리는 것이 그리도 겁나는 일인가? 감정은 파도다. 대부분 시간에 풍랑이 일고 파도가 치고, 가끔만 고요할 따름이다.

나는 두 번째 케이스의 여성 리더와 마지막 말을 남기고 웃으면서 헤어졌다.

"리더로서 이제는 다른 모습을 보여야 할 때인 것 같네요. 부드러운 리더십은 큰 강점이지요. 그러나 지금은 상대에 따라 대응 방식을 바꿔야 하는 리더십 체인지가 필요해요. 그 사람과 차분하게 이야기해 보는 것은 어떨까요? 현재까지 보고 느끼신 것과 그것이 조직에 미치는 영향에 대해서요. 그리고 그에게 앞으로의 태도 변화를 요구하세요. 난리 치겠지요? 그러면 무슨 일이 일어날까요? 한 번 경험해 보세요. 다음번에 엉망진창 된 상황에 관해 이야기해 주실래요?"

내 말에 그녀는 다소 편안해진 얼굴로 웃었다.

"It's okay not to be okay."

어느 책에서 읽은 구절이다. 필요하면 엉망이 된 감정도 경험해 보자. 괜찮지 않아도 괜찮다. 감정은 끊임없이 살아 움직인다. 끌어안을수록 요동치다 때로는 내 품을 뛰쳐나간다. 그러다 돌아오는 게 감정이다.

"감추고 억눌러 버리는 한 자기 자신과 전쟁을 벌일 수밖에 없다. 감정을 숨기려면 어마어마한 에너지가 소모된다. 에너지를 뺏기고 스트레스 호르몬이 온몸을 돌아다니며 각종 문제를 야기한다."

베셀 반 데어 콜크의 『몸은 기억한다』의 구절이다.

자신과 전쟁을 벌일 것인가? 승자는 없고 화병만 남는다.

5.
주어를 바꾸면
관계가 달라진다,
I message로 말하자

"새로 맡게 된 본부에서 직원들 대하기가 너무 어려워요. 이전 본부에서는 직원들이 척하면 알아듣고 합이 딱딱 맞았는데요, 여기는 너무 개성이 강하고 튀는 직원이 많아요. 점점 목소리만 커지네요."

인사 시즌이 끝나고 자리가 잡힐 무렵에는 후배들이 종종 찾아온다. 어리기만 했던 그녀들도 어느덧 중간 관리자가 되었다. 관리자가 된 그녀들은 너나없이 팀을 이끄는 고충을 쏟아 놓는다. 가만히 들어보니 결국은 커뮤니케이션에 대한 이슈다. 리더가 된 후 직원들과 소통하는 데 어려움을 겪고 있었다. 살면서 우리가 가장 어려워하는 것은 무엇일까?

'일'일까, '관계'일까?

물론 둘 다 어렵다. 앞에서 누누이 강조했듯이 시간이 갈수록 일 자체보다 관계의 중요성과 어려움이 커진다. 아니, 관계 형성 자체가 핵심 업무가 된다. 관계는 내가 사람과 어떻게 상호작용을 하는지가 문제이고, 상호작용은 소통을 수반하며, 소통은 대화로 드러난다. 대화에서 비언어적 행위도 중요하지만, 주된 도구는 역시 '말'이다. '말'은 감정선을 직접 건드린다. 우리는 '말'로 마음을 나누고 '말'로 상처를 주고받는다. 나는 평소 어떤 말 습관을 지녔는가?

말 습관이 관계의 질을 좌우한다.
'You message'를 'I message'로

습관은 이미 내 안에 패턴으로 굳어져 있어 부지불식간에 튀어나온다. 이런 말 습관이 어떠냐에 따라 나를 둘러싼 '관계의 질'이 좌우된다. 나는 꽤 인정 많고 남을 배려하는 사람이지만 직선적이고 딱딱한 말 습관을 지녔다. 그래서 까칠하고 다가가기 어려운 사람으로 비친다. 나의 진짜 괜찮은 모습은 이런 말 습관으로 가려진다. 그럼 '말 습관'을 의식적으로 들여다보자.

흔히 일어나는 맞벌이 부부의 주말 풍경이다.
부인: "여보! 너무한 거 아니야? 온종일 소파와 한몸이네. 당신만 피곤해? 누구는 일 안 하나? 나도 힘들고 피곤하다고. 얼른 일어나 청소기 좀 돌려!"

대표적인 You message다. 상대가 주어가 되고 나는 그의 행동에 판단, 비난을 퍼붓는다. 이걸 말하는 사람이 주어인 I message로 바꿔보자.

부인: "당신 아침밥 먹고는 계속 소파에 누워서 TV만 보고 있네. 나는 당신이 그렇게 온종일 누워서 보내는 게 걱정이 돼. 당신 허리가 안 좋잖아."

주어가 상대가 아니고 나이며 내 느낌, 염려를 표현하는 것이다. 물론 이런 I message로 이야기하려면 부단한 마음 수양이 필요하다. 당신이 남편이라면 위 두 가지 대화에서 각각 어떤 반응을 보이겠는가? 첫 번째 대화에서는 마지못해 일어나 청소기를 잡겠지만 다음 주에도 여전히 소파와 껌딱지일 거다. 두 번째 대화에서는 '그래? 맞아, 허리에는 자세가 중요하다고 했지? 내 허리는 소중해'하며 가볍게 몸을 일으켜 청소기를 잡지 않겠는가? 이것도 안 되는 남편이라고? 이런 남편은 청소기로 좀 맞아도 된다.

두 번째 상황을 보자.
엄마: "야! 너 정신이 있니? 내일모레가 중간고사인데 지금 게임을 하고 있어? 도대체 대학을 가겠다는 거야 말겠다는 거야? 미친다, 미쳐!"

역시 자녀가 주어이고 나는 자녀의 행동에 비난을 퍼붓는 대표적인 You message다. 어렵더라도 I message로 말 습관을 바꿔보자. 단, 이런 경우는 즉각적 반응을 자제하고 숨부터 고르자. 방문을 슬며시 닫은 후 대여섯 번 깊은 호흡을 하고 다시 문을 연 다음 아랫배에 힘 빡 주고 말하자.

엄마: "게임하고 있니? 요즘 무슨 게임이 젤 핫하니? 시험 준비 하느라 힘들지? 좀 쉬기도 해야지. 근데 엄마는 좀 걱정되네. 네가 요즘 다른 때보다 열심히 공부했는데 노력한 만큼 성적이 안 나와 나중에 속상해할까 봐."

자녀의 행동이 주체가 아니라 그에 대한 나의 걱정이 주체인 I message다. 이 경우에 리스크가 있다. 평소와 확 달라진 엄마 말에 아이가 오히려 가식처럼 느낄 수도 있다. '어? 이 엄마, 뭘 잘못 먹었나?' 잔뜩 불만스러운 얼굴로 요란하게 PC를 끄는 것은 똑같 겠지만 슬그머니 시험 교재를 당길 것이다. '그래, 내가 이번에 좀 열심히 하긴 했지.' 이게 어딘가? 오랫동안 내가 자식과 소통했던 방식이 굳어진 만큼 한 번에 되진 않는다. 부단한 실전이 필요하 다. 자식의 비웃음이 사라질 때까지.

사무실 상황으로 가보자.

상사: "김 과장, 입사한 지 10년이 넘었는데 여태 보고서를 이렇 게밖에 못 쓰나요? 도대체 보고서가 맥락도 없고, 말만 무성하고, 액션이 없잖아요? 액션이! 답답하네."

번번이 기대에 못 미치는 부하 직원에 대한 비난이 주제이다. 이 제 I message로 바꿔보자.

상사: "김 과장, 보고서 잘 봤어요. 애썼네. 나는 김 과장이 이번 일로 회사에서 인정받았으면 해요. 한 가지 걱정스러운 것은 그러

기엔 내용이 좀 약하고 실행 부분이 부족한 것처럼 느껴지네. 어떻게 생각해요? 내가 도와줄 일이 있을까?"

상대에 관한 판단과 비난이 아니라 깨끗한 어조로 고칠 것을 지적한 말이다. 상대는 보고서 내용이 부실하다는 피드백을 받아들이면서도 상사의 깊은 관심을 느낄 것이다. 굳어진 말 습관을 고치기 힘들다는 생각이 드는가? 당연하다. 말 습관을 바꾸는 것은 새로운 언어를 배우는 만큼이나 어렵다고 한다.

좋은 말 습관의 수혜자는 결국 나 자신

말 습관을 바꾸면 내 삶이 편안해진다. 말 습관은 나에 대한 이미지 형성에 결정적 역할을 한다. 나의 말 습관이 바뀌면 상대가 나를 대하는 시각과 태도도 바뀐다. 수혜자가 바로 내가 된다.

상대에 초점을 맞추며 판단하고 비난하는 You message와 그에 대한 나의 걱정, 염려를 표현하는 I message. 두 표현의 차이는 크다. 그리고 이것이 좋은 소통, 좋은 리더십의 출발이다. "리더십은 우리가 다른 사람 탓하기를 멈출 때 시작된다."『코칭, 멘토링, 컨설팅에 대한 슈퍼비젼』에서 피터 호킨스 선생님께서 하신 말씀이다.

새로운 언어를 익힌다는 기분으로 지금부터 I message를 시작하자. 현직에서 나도 못했던 것을 남에게 권하자니 찔린다. You message는 시원시원하고 직선적인 말 습관이다. 나는 시원했지만 상대는 기분 더럽고 의욕이 떨어졌을 거다. 결국, 나만 손해였다. 이제는 I message다. 비단 사무실뿐 아니라 가정에서도 한결 편안해진다.

당신은 말할 때 주로 어떤 주어를 사용하는가?
'너'인가, '나'인가?

6.
문제는 Message보다
Method이다

"야! 네가 제대로 사과했어?"
"어디다 대고 '너'라고 해? 손님이면 다야?"

며칠 전 동네 식당에 갔다. 주문하고 기다리는데 갑자기 옆자리가 소란스럽다. 서빙하는 종업원과 중년 부부의 언쟁이었다. 손님은 칼국수의 바지락 해감이 덜 되어 모래가 씹혔다고 불만을 이야기했고, 종업원은 죄송하다고 건성으로 말했다. 사과했다는 종업원과 성의 없다는 손님의 옥신각신이 거의 욕설로 변해갔다. 어느덧 바지락의 모래 이야기는 사라지고 막말을 주고받으며 서로의 인격을 공격했다. 결국, 손님은 "그러니까 종업원밖에 못하지"라는 독한 말을 남기며 퇴장했고, 종업원은 억울함에 눈물을 쏟았다. 이게 이럴 일인가?

주변에서 흔히 볼 수 있는 장면이다. 불만 제기와 사과. 형식적인 message에는 큰 문제가 없다. 그러나 그들이 지은 표정, 작은 몸짓, 어투가 순식간에 서로의 감정에 기름을 부었다. 말 내용, message보다 전달하는 방식, method의 위력을 확인한 순간이다. 직장에서도 내 기분을 들었다 났다 했던 것은 일 자체가 아니라 사람과의 관계였다. 그리고 그 관계의 기본은 말, 아니 말하는 방식, 태도였다.

옳은 말을 참 재수 없이 하는 사람들이 있다

여러 부서 관계자와 윗사람이 쫙 깔린 회의 때 유독 핏대 높이는 사람이 있다. 물론 그는 옳은 말을 했다. 그러면서 상대 의견에 대놓고 반박한다. 누가 모르나? 상황에 따라 고려해야 할 것이 많고 의사결정이 쉽지 않으니 이러고 회의하는 거지. 지난 시절 나의 모습이다. 얼굴이 뜨거워진다.

사실 모든 조직에는 회의가 너무 많다. 오죽하면 '회의 문화 개선'이 사업 계획 중 하나가 될까? 회의 중 목구멍이 간질간질하나 차마 꺼내지 못하는 이야기를 시원하게 쏟아내는 사람이 필요하기는 하다. 지루하게 제자리걸음 하는 회의 진도를 빼는 중요한 사람이다. 그러나 이런 사람은 회의실에서만 보고 싶다. 소신 있게 의견을 이야기할 수는 있다. 그러나 자기주장을 하는 태도와 뉘앙스가 중요하다. 숫자와 합리성을 들이대며 조목조목 목소리를 높이는 것은 오히려 상대방의 귀를 닫게 한다. 그보다는 아니다 싶은 내용에도 일단 발표한 상대의 수고를 인정해 주고 나서 그 내용에 우려되는 점과 대안을 질문하자. 아마 준비되어 있을 거다. 그다음에 자신의 의견을 피력해도 늦지 않다. 결국은 반대 의견의 지혜로운 표현이다. 누구의 감정도 건드리지 않는다. 회의 진도를 빼면서도 명확히 자기 의견을 말하고 주변을 끄덕이게 하는 사람. 메시지는 같지만 메쏘드는 확연히 다르다.

딱딱한 칭찬과 부드러운 지적

딱딱하고 표정 없이 칭찬하는 사람과 웃으면서 부드럽게 잘못을 지적하는 사람이 있다. 사람들은 어떤 사람에게 호감을 느낄까? 미국의 어느 심리연구센터 결과가 있다. 답은 웃으며 아픈 말 하는 사람에 대한 호감도가 높았다. 우리의 감정은 말의 내용보다 전달하는 표정, 분위기에 더 영향을 받는다. 프레젠테이션할 때 청중이 내용 자체에 영향을 받는 비율은 7%에 불과하다고 한다. 청중은 메시지보다 목소리 톤(38%)과 보디랭귀지(55%)에 영향을 받는다. 믿기 힘든 결과지만 그만큼 사람은 비언어적 태도에 더 큰 영향을 받는다.

회사는 상사가 아랫사람에게 정기적으로 성과를 피드백 주도록 시킨다. 최종 평가 전에 중간중간 그들과 면담을 하면서 그의 장단점과 성과를 짚어주며 그들을 성장시키라는 회사의 주문이다. 여기엔 더 큰 숨은 목적이 있다. 최종 평가의 충격을 사전 흡수하여 수용도를 높이고 싶은 거다. 평가 결과에 의문을 제기하는 MZ

세대가 늘어나는 시대에 정기적 피드백은 더욱 중요하다. 피드백은 쌍방 모두가 유쾌하지 않은 과제이다. 특히 부족한 점을 이야기할 때 더욱 그렇다. 나는 주로 팩트와 결과만을 알려주는 편이었다. 소위 direct feedback이다. 알면서도 일 안 하는 뺀질이에게는 통하기도 한다. 그런데 딱딱한 어투로 부정적 피드백을 받았던 그 사람은 더욱 힘을 내고 노력했던가? 아니었다. 그 후 그는 상사가 나를 싫어한다는 생각에 더욱 위축되었고 눈치만 보았다. 결국, 하수의 메쏘드였다.

나 자신은 어느 경우에 귀를 기울이고 개선하고자 노력했던가? 나의 단점과 고과를 무표정하게 콕 찍어 말한 상사보다는 진지하게 나의 강점과 한계를 말해 주고 다음 단계를 위한 조언을 곁들인 상사가 내게 큰 영향을 주었다. 당시 나의 노력을 지켜봐 주었던 그 상사와는 지금까지도 인연을 이어간다. 고참들이 우글거리는 부서의 막내로 있으면서 일한 만큼 평가를 받지 못했을 때 그의 조언과 진심 어린 양해가 나의 불만을 잠재웠다.

메시지와 리액션은 짱인데 할리우드 액션인 사람은?

무조건 상대를 칭찬하는 사람도 있다. 이것도 잘했다, 저것도 대단하다. 팩트와 관계없이 과도하게 칭찬 폭탄을 떨어뜨리고 시간 되면 자리를 뜬다. 영혼 없는 할리우드 액션이군! 어느새 딴생각에 빠진다. 물론 이렇게 항상 남을 칭찬하는 것도 쉬운 일은 아니다. 대부분은 남을 비하하고 꼬투리를 잡고 싶은 욕구가 있기 때문이다. 그러나 이런 상대를 마주할 때는 그의 진정성이 느껴지지 않는다. 오히려 사내 정치와 세평 관리에 신경 쓰는 그가 느껴진다. 이보다는 짧지만 진심이 느껴지는 칭찬을 하는 사람, 결과보다 그것을 이룬 땀과 고생을 알아주는 사람, 호들갑스러운 칭찬의 말은 아니지만 공감과 인정의 눈빛을 발사하며 슬쩍 "수고 많았어, 고생했네"라며 어깨를 툭 치는 사람. 나는 이런 사람이 좋다. 내가 이건 좀 했다.

리더십의 핵심은 소통이다. 어느 때 소통이 되었다고 느끼는가? 상대와 연결감을 느낄 때다. 우리는 어느 때 연결감을 느끼는가? 팩트와 데이터보다는 감정을 주고받을 때다. 조직에서 감정이 왜 중요하냐고? 사람은 이해받고 인정받는다고 느낄 때 자발적으로 움직인다.

MZ세대를 움직이고 싶은가?

기업들은 MZ세대와 소통하는 게 큰 고민이다. MZ세대를 움직이고 싶은가? 그러면 인정과 공감부터 보여줘라. 지시하는 메시지 배경과 전체 맥락을 알려줘라. 더불어 그들의 생각을 묻고 아이디어를 구하라. 이것이 그들이 좋아하는 메쏘드다. 그들이 의견을 말할 때 면박을 주지 마라. 어떤 말을 해도 괜찮다는 안전한 환경을 만들어 줘라. 그럴 때 그들은 우리가 모르는 새로운 세계가 작동하는 방식을 알려준다. 그 세계의 주인으로서 그들은 창의력을 폭발하며 스스로 움직인다.

새로운 먹거리를 위해 그렇고 그런 관리자들이 머리를 맞대고 있는가? 혹은 컨설팅사에 돈을 쏟아붓고 있는가? 답은 바로 사무실 안에 있다. 그들만 잘 구슬리면 상품 개발, 마케팅 전략이 저절로 굴러떨어진다. MZ를 움직이는 메쏘드를 외면할 때 그들은 무표정하게 컴퓨터만 쏘아보며 맡은 일만 한다. 시급을 요하는 업무를 지시하면 '4요?'로 답하고 칼퇴해 버린다.

"그걸요? 제가요? 왜요? 지금요?"

7.
욱~ 하면
훅~ 간다

성질, 그놈의 성질이 항상 문제다. 좀 참을 걸 하고 후회하며 다 지난 일을 곱씹는다. 욱할 게 아니라 좀 더 침착하고 의연하게 대응하면 좋았을 텐데. 자책도 해 본다. 그 반대는 어떨까? 그때 그 인간의 싸대기를 시원하게 갈겨야 했는데. 또는 "그럴 거면 네가 해라 하와이!" 하며 박차고 나와야 했는데. 하지만 대부분 경우 지나고 나면 뚜껑을 맘껏 열었던 것보다 좀 삭힐 걸 하는 후회가 압도적이다.

우리는 살면서 조직에서든 사적 영역에서든 불쾌한 상황과 사람을 수시로 만나며 뚜껑을 열었다 닫기를 반복한다. 사람이 화가 나고 분노를 느끼는 것 자체는 당연하다. 문제는 그 분노를 어떻게 관리하느냐이다. 종교는 물론 철학, 심리학, 뇌과학을 포함한 여러 분야에서 분노의 원인과 그것을 다스리는 방법에 관한 연구와 책들이 나오고 있다. 무려 2천여 년 전부터 말이다.

몸의 근육이 생기는 것처럼 마음도 근육을 키울 수 있다고 한다. 마음 근육이 커지면 웬만한 상황은 조절할 수 있게 된다. 그렇다면 마음 근육을 키워 열 받는 상황에서 침착하게 대응하고 후회하지 않는 방법은 무엇일까?

옳지 않다고 생각하면 주저 없이 욱~했던 나는 조직에서 한 방에 훅~가는 경험을 여러 번 했다. 이후 나만의 루틴을 만들었고 이제는 후배들에게 전도하고 있다.

마음 근육 키우기의
첫 번째, 심호흡 6번 하기

딱 1분 걸린다. 호흡은 감정 상태를 표시하는 바로미터다. 흥분하거나 긴장하면 호흡이 빨라지고 손에 땀이 나며 근육이 경직된다. 거꾸로 이런 상황에서 심호흡하게 되면 실제로 흥분과 긴장이 완화된다는 생리학적 근거가 있다.

아주 간단하지 않은가? 큰 숨 6번 쉬기이다. 그 와중에도 내 앞의 상대는 하던 짓을 계속할 것이다. 그래도 딱 1분만 봐주자.

두 번째, 내 상태 알아차리기

일단 첫 번째 루틴을 제대로 했다면 분노는 최소 20% 이상 줄어든다. 그 상태에서 화가 빠르게 올라오고, 심장이 벌렁벌렁하고,

가슴이 꽉 막힌 것을 스스로 알아차리자. 웬 헛소리냐고? 꼭지 도는데 그럴 정신이 어디 있느냐고 항의하는 사람도 있다. 그러나 우리는 3자의 눈으로 자신의 마음과 육체를 관찰할 수 있는 지구상 유일한 동물이란다. 일명 '메타인지'다.

우리 집 강아지가 '주인어른이 간식 가지고 줄까 말까 장난치고 있네. 열이 슬슬 올라오는구먼.'이라고 생각하지는 못한다. 반면 사람은 자기 몸과 마음의 변화를 객관적으로 관찰할 수 있다. 관찰하면 자신이 처한 상황과 거리감이 생기며 흥분이 다소 가라앉는다. 첫 번째와 두 번째 루틴을 수행하는 데 1분 10초면 충분하다. 두 번째 루틴에서 화는 또 20% 줄어든다. 이제 60% 남았다.

세 번째, **나의 감정 들여다보기**

이것은 좀 시간이 걸리고 연습이 필요하다. 그러니 일단 상대에게 타임아웃을 청하자. 내가 지금 화가 나는 이유는 무엇일까? 진짜 감정은 무엇일까? 인정받지 못해 억울한 건가? 일이 내 뜻대로 되지 않고 나중에 내가 독박 쓸 것 같아 두려운 건가? 아니면 상대에게 무시당한 느낌인가? 상대의 우월성에 대한 시기심인가? 혹은 이 일과 무관하게 내가 상대에 대해 평소 가지고 있는 선입관 때문인가? 그것도 아니면 내가 요즘 여기저기 치받혀서 신경이 곤두선 것일까? 한마디로 감정 스캔을 해 보는 거다.

화 이면에는 이처럼 억울함, 두려움, 서운함, 질투심, 지치고 피곤함 등 여러 가지 다른 감정이 있다. 때론 한 번에 여러 감정이 복합적으로 일어날 수도 있다. 하지만 그중 주된 감정은 있다. 그것이 무엇인지 들여다보면 분노는 조금 더 줄어든다. 평소에는 잠재되어 있던 나의 어떤 감정이 건드려졌기에 화라는 자동 반응이 튀어나온 걸까? 자신의 심리적 약한 고리를 발견할 수도 있다.

나의 약한 고리는 시간에 관한 것이다. 불현듯 결혼 전 남편과의 일이 떠오른다. 우린 140번의 만남 끝에 결혼했다. 헤아려보니 남편은 그중 100번을 지각했다. 시간에 대해 그토록 민감한 내가 왜 이 사람과 결혼했나? 자신도 납득이 되질 않았다. 결혼 후 한동안 남편에게 자주 한 말은 "내가 미쳤지"였다. 그때를 생각하니 다시 화가 슬슬 올라온다.

이야기가 한참 샜다. 이런 나의 시간 지킴에 대한 트리거는 일터에서도 여지없이 드러났다. 보고 시한을 지키지 않는 직원에게는 나 자신도 놀랄 만큼 민감하게 반응했다. 자신의 약한 고리를 알게 된 후 나는 새로운 부서를 맡게 될 때마다 직원들에게 신신당부한다. 시간을 지킬 것과 늦어질 때는 중간에 이야기해 달라고 말이다.

당신의 분노 트리거는 무엇인가? 어떻게 관리하고 있는가?

네 번째, 상대를, 상황을 객관적으로 보기

이 일이 꼭 나한테만 일어나는 일인가? 저 사람은 나를 골탕 먹이려고 작정한 건가? 뭐 그럴 수도 있다. 그러나 돌이켜보면 그 일은 누구에게나 다반사로 일어나는 일이고, 그 사람은 평소처럼 자기 일을 열심히 했던 것뿐이다. 여기까지만 해도 이미 화를 조절할 수 있다. 화를 촉발하는 자극에 대한 평소 나의 자동 반응을 멈추고 새로운 선택을 할 수 있게 되는 단계이다. 차분히 대응할 것인가? 아니면 반복되는 상대의 무례함을 손 한번 보고 갈 것인가? 필요하다면 차분하게 시비를 가리자.

다섯 번째, 분노의 풍선을 살짝살짝 터트리기

사람에게는 자기만의 화 풍선이 있다고 한다. 개인별로 그 풍선 크기와 유연성이 다르겠지만, 어느 풍선이나 임계치가 있어 언젠가는 터진다. 그러니 화를 무조건 참는 것은 위험하다. 분노는 오랜 기간 축적되면 땅속에 묻어둔 쓰레기에 가스가 차듯이 부글부글 끓으며 갈수록 뜨거워진다. 그러다 펑 하고 터지면 순간적으로 정신줄을 놓고 통제력마저 잃는다. 이것을 '돌발성 분노'라고 하고, 심할 경우 나중에 기억을 못 하기도 한다. 그러기 전에 살짝살짝 터트리자. 어떻게? 날카로운 말보다 뼈 있는 유머를 사용해 보자. 빵빵했던 화 풍선에서 바람이 빠지고 내 마음도 어느 정도 시원해진다.

난처한 일을 신속히 그리고 뒤탈 없이 깔끔히 처리하라고 재촉하는 사장에게 이렇게 말해 보자.

"제가 총 들고 강도질 한번 할까요? 사장님이 뒤 좀 봐 주실 거죠?"

화 풍선을 슬쩍 터뜨리며 같이 웃을 수 있다. '아~. 사장도 답이

없구나. 자기도 답답한 거구나. 나를 미워하는 게 아니구나.'

좀 더 침착할 수만 있다면 마셜 로젠버그 선생님께서 추천하는 '비폭력 대화(Non-Violent Communication)'를 해보자. 상대의 말과 행동에 대해 내 감정을 표현하고, 나의 요구를 깨끗하게 전달하자. 열 받지 말고 말이다.

"사장님. 이런 상황에서 빨리 답을 내라 하시니 제가 낭떠러지에 서 있는 기분이 드네요.(내 감정) 이 문제는 전체 임원들이 모여 머리를 맞대고 방법을 찾는 게 어떨까요?(요구)"

그게 되느냐고? 의식하고 연습하면 어느 정도 된다.

욱~하면 한 방에 간다

나는 조직에서 욱하는 성질을 다스리지 못해 일을 그르치고 사람 관계도 여러 번 망쳤다. 그 대가는 컸다. 내가 잘할 수 있는 일을, 원하는 일을 할 기회를 잡지 못했고 임원 승진도 늦어졌다. 그러나 무엇보다 쓰린 것은 관계의 훼손이었다. 내가 믿은 사실을 직선적으로 표현하는 행동은 나를 믿고 아꼈던 많은 동료와 상사들을 실망하게 했고 멀어지게 했다. 욱~하면 한 방에 갈 수 있다.

분노를 다스리는 당신의 루틴은 무엇인가?

8.
아니 땐 굴뚝에서
연기 펄펄 난다

"10년 전 그때 자기가 손들고 지점장 해보겠다고 한 게 아니었어? 모두 그렇게 알고 있던데?"

평소 가까이 지내던 선배가 식사 도중 툭 던진 말이었다. 뭐? 내가 자진해서 지점장 발탁을 요청했다고? 10년 전 넋 놓고 있다가 짱돌 맞은 그날이 떠올랐다. 이 사람들이 근거도 없이 말을 막 만들고 다니네! 화가 나기 전에 어이가 없었다. 그 선배도 그렇지. 그런 소문을 들었으면 초반에 나한테 귀띔이라도 해줬어야지. 여태 그 말을 믿고 있었단 말이야?

10년도 더 지난 일이라 이제 와서 무얼 어떻게 하겠는가? 그런데 이런 어이없는 소문 하나가 돌아다니고 쌓여서 나도 모르는 나를 만들어낸다. 이후에도 나는 근거 없는 헛소문의 단골이 되었다.

본부 부장으로 발령이 났을 때는 내가 회장님에게 요청한 것이란다. 아니, 회장님이 할 일도 없나? 일개 부서장 이동에 관여하게?

여러 잡소문이 내 귀에 들어오는 것은 수년이 지난 후라 그냥 어이 상실하고 웃어넘길 수밖에 없었다. 나에게 도달하지 못한 소문은 더 많았으리라. 나의 발탁은 연공서열이 엄격하던 조직에 미치는 파장이 컸다. 그래서 이후 대략 10년간은 저녁 술자리 안주로 화제에 올랐고 그때마다 엉뚱한 스토리가 만들어졌다. 후에 친한 동료는 그 자리에서 해명하고 두둔할 수 없는 분위기였노라고 미안해했다. 짜식! 그러면 영원히 알려주지나 말지.

소문을 무시하라? 아니다. 즉시 차단하자

조직에서 눈에 띄는 사람이 되고 난 후 내가 선택한 방어 전략은 남의 시선, 말에 신경 쓰지 않고 닥치고 일만 하는 것이었다. 그러나 돌아보니 내가 입 다물고 있는 동안 입방아들은 나와는 거리가 먼 이미지를 만들고 있었다. 나의 전략은 실패였다.

아니 땐 굴뚝에 연기 펄펄 난다. 그러니 헛소문과 오해가 감지되었는데 방관하는 것은 답이 아니다. 언젠가 진실이 드러난다고? 아니다. 가벼운 토크에서 시작된 스토리들은 목숨 걸 만큼 심각하지도 않고, 발원지와 책임 소재를 따질 가치도 없는 소설들이다. 그렇지만 방관하면 부풀고 커진다. 그래서 초반부터 맥을 끊어야 한다.

일 잘하고 몰입도 높은 여성 리더에게는 대체로 부정적 스토리가 따라다닌다. 고개 박고 일만 하다 보니 주변 돌아가는 상황과 소문에 둔감해진다. 그러다 어느 날 고개를 들어보니 고약하고 센 여자가 되어 있다.

해리 G. 프랭크퍼트는 『개소리에 대하여』라는 짤막한 책에서 '개소리 비대칭의 원칙'을 설명했다.

"개소리를 반박하는 데 필요한 에너지는 개소리를 만들어 내는 데 필요한 에너지의 10배다."

소문은 대체로 개소리에 가깝다. 보통 개소리는 책임을 묻지 않는 말이다. 아니면 말고. 10배의 에너지가 들어가기 전에 막자. 어떻게?

헛소문을 차단하는 방법은 무엇일까?

첫째, 일만 하지 말고 엉덩이를 떼고 여기저기 기웃거리자. 내 소문이 아니라도 조직에, 업계에 떠다니는 소문을 들어야 한다. 이렇게 돌아다니면 좋은 점이 있다. 지나친 마이크로-매니지먼트(micro-management)가 줄어들고 따라서 임파워먼트(empowerment)가 자동으로 이루어진다. 지나친 업무 관여는 리더 자신의 피로도를 높일 뿐 아니라 조직원의 성장 기회를 박탈하는 주범이다. 그러니 일을 직원들에게 맡기고 자꾸 돌아다녀라. 두 마리 토끼를 다 잡는 거다.

둘째, 소수 정예의 나를 지지해 주는 선후배와 동료를 만들자. 서로 정보를 교환하고, 힘들 때 이야기도 하고, 간혹 남 흉도 보겠지만 입이 무거운 모임을 가지자. 이것이 조직생활을 견디게 하는 윤활유, 심리적 자본이다. 나에 대한 헛소문도 들을 수 있고 대응도 의논할 수 있는 그런 모임이다. 그렇다고 남들 다 눈치채는 이너 서클을 만들라는 것은 아니다. '우리가 남이가?'식 모임으로 변질되면 곤란하다.

마지막으로, 소문의 생산자를 찾아가 직접 대화하는 것이다. 정면 돌파다. 그러나 말은 에둘러 해야 한다.

"당신이 소문을 퍼뜨렸느냐?"며 따지는 것은 절대 No!다. 그가 인정하겠는가?

"얼마 전 나에 대해 이런저런 소문을 들었어요. 상황이 그게 아니었는데 왜 그런 말들이 나왔을까요? 답답한 마음에 의논하고 싶어 찾아왔어요."

소문은 원래 근거가 빈약하므로 따지기 힘들다. 자칫 비난과 싸움이 될 상황에서 이렇게 말한다면 어떨까? 상대방이 소문의 진원지라면 멈칫하며 입을 다물 것이다. 만약 중간 생성자라면 뭔가 정보를 더 알아낼 수 있다.

헛소문을 대하는 지혜는?

나의 3가지 실수는 첫째, 헛소문에 귀를 닫았고 둘째, 그것을 알려줄 동료를 옆에 두지 못했고 셋째, 그것을 듣고도 대인배인 척

무시했던 점이다. 그나마 내가 잘한 것은 남을 이러쿵저러쿵 흔들어 대는 대화에 말려들지 않았고 그래서 그런 소문에 영향을 받지 않은 점이다. 여기에서도 서툴렀던 것은 남을 흉보는 자리에서 혼자 잘난 척하며 당사자를 두둔하거나, 입방아들의 잡소리를 대놓고 면박을 준 점이다. 그러니 소문에서 더 소외되었지. 호랑이를 잡으려면 호랑이 굴로 들어가자. 그냥 듣자. 그리고 입을 다물자. 만약 소문 대상자가 내 심리적 자본 중 한 사람이라면 조용히 알려주자. 나 자신이 헛소문에 스토리 하나 얹는 짓은 말자.

소문의 씨앗은 나다.
그러나 씨앗을 키우는 것은 상대의 감정

나는 원칙과 양심을 지키는데 민감한 사람이라고 자부한다. 파트너사들과 일할 때 선물과 접대는 사양했다. 그들의 상품을 고객에게 판매하는 갑의 위치에 있어서 더욱 조심했다. 부탁하고 거절하는 불편한 상황을 만들지 않기 위해 상품 심사는 직원들의 객관적 평가에 맡겨 두었다. 그러다 보니 상품 론칭에 탈락한 파트너사들의 면담 요청에 시달렸고, 그들에게 심사 결과를 설명하며 양해를 구하는 일이 많았다. 그들이 들고 오는 이런저런 선물이 부담스러워 나도 선물을 준비해 놓곤 했다. 거하게 밥 사는 것도 불편해서 소박한 밥집에 가서는 얼른 내가 먼저 계산했다. 골프 접대도 사양했다. 김영란법 시행 이전의 이야기다.

이러다 보니 영업 기회가 막혔다고 생각한 파트너사들은 윗선을 찾아다니며 불만을 토로했다. 합리적이고 공정하다는 팩트는 까칠하고 문턱이 높다는 말로 바뀌었다. 그러다 전체 경영진 회의에서 대놓고 '갑질한다'는 비난을 받았다. 당시의 황당함이란! 하지만 곰곰이 생각해 보니 일리가 있는 말이었다. 평소 나의 태도와 팩트 위주의 대화법이 씨앗을 제공했다. 상대는 그 씨앗을 가지고 나에 대한 서운한 감정을 양분 삼아 스토리를 만든다. 그러니 거절과 갑질도 상냥하게 해야 한다. 역시나 message 이전에 method의 문제다.

어느 선배가 했던 말이 생각난다.
"너무 깨끗한 물에는 물고기가 안 살지."
우리가 헤엄치는 이 호수는 각종 부유물이 떠다니고 시야도 뿌연 곳임을 기억하자. 우리는 이곳에서 생존해야 한다.

chapter 4

조직생활,
견뎌내고 리더되기

1.
상사에게
찍혔다!

"사무실에 있으면 숨이 막혀요. 팀장님 눈치 보기도 힘들고 다른 직원들과 따로 떨어져 외딴섬에 있는 느낌이 들어요. 하루하루가 괴로워요."

얼마 전 찾아온 입사 5년 차 최 대리는 평소의 밝은 얼굴이 누렇게 뜨고 다크 서클이 뺨까지 내려와 있었다. 연초 인사이동으로 해외업무 지원 부서에 배치받은 최 대리는 자신에게만 유달리 다르게 대하는 팀장 때문에 점점 숨이 막히고 있었다. 팀장은 워라밸을 중요하게 여기는 사람이었다. 회식을 소집하거나 야근을 강요하는 일도 없었다. 스스로 칼퇴근을 했기에 팀원들도 눈치 보지 않고 자리를 떴다. 업무를 지시할 때는 친절했다. 이러다 보니 사무실 분위기는 좋았다.

그런데 단 한 명, 최 대리에게는 달랐다. 업무 지시는 딱딱했고 기본적인 가이드도 주지 않았다. 그에게 지시하는 순간에도 눈을 맞추지 않았다. 툭 하고 일을 던졌고 배경 설명 없이 결과를 요구했다. 부족한 정보에 쩔쩔매며 어설프게 작성된 보고서를 가져가면 미간을 찡그리며 비로소 관련 자료를 내주며 재작성을 지시했다. 똥개 훈련인가? 똥개도 간식이라는 명확한 피드백이 있는데 말이다. 결국 여러 번 퇴짜를 당한 후에야 통과되었다. 이런 불편한 관계에서 그는 점점 위축되고 마음이 조여왔다. 한마디로 그는 상사에게 콕 찍혔다. 대체 무슨 일이 있었던 것일까? 일인가, 태도인가? 일의 문제라면 간단하다. 열심히 하면 된다. 그러나 여기에 감정이 수반되면 꼬여버린다.

일인가, 태도인가?

나의 질문에 최 대리는 잠시 생각에 잠겼다. 둘 다 마음에 걸린다고 했다. 그는 이번 이동에서 원치 않는 부서로 오게 되었다. 자타가 공인하는 B급 부서였다. 그래서인지 업무를 만만하게 보고 미지근하게 몇 달을 보냈다. 그러나 어떤 업무도 대충할 수 있는 것은 없다. 더구나 새로운 업무는 빠른 파악을 위해 첫 3개월은 과거 자료를 샅샅이 뒤지는 시간 투자가 필요하다. 중요한 업무라면 첫 6개월은 자신을 갈아버릴 각오로 붙어봐야 한다. 이래야 그 이후가 편하다.

"아!~"하는 최 대리. 역시 새로운 일에 대한 시간 투자가 충분치 않았다. 그는 뒤늦게 업무 파악에 노력하기 시작했다. 그러나 첫 3

개월의 골든 타임을 놓쳤다.

이제는 어느 정도 적응했겠다 싶을 무렵 다시 찾아온 그의 얼굴은 더욱 심란해 보였다. 일은 어느 정도 커버하는 것 같은데 팀장의 냉랭함은 바뀌지 않았다. 그동안 더욱 예민해진 최 대리는 자신만 제외하고 서로 농담을 주고받는 팀장과 팀원들을 바라보며 소외감을 느꼈다. 평소 주변과 활발하게 어울리는 그에게 낯선 감정이 밀려왔다. 외로움. 막막함. 무력감.

심리적 자본
나를 지지해 줄 동료를 가졌는가

새로운 부서에서 최 대리가 동료 직원과 어떤 관계를 맺었는지 살펴보았다. 에고! 석 달이 지나도록 동료와 밥 한번 돌지 못했다. 이런! 아무리 세대가 바뀌어도 함께 밥을 먹는다는 의미는 마음을 여는 첫 단추인데! 이제부터 한 명씩, 또는 두어 명씩 묶어 점심을 청하기로 했다. 그러면서 팀장에 대한 성향도 알아내고 마음을 열수 있는 동료도 탐색하기로 했다. 나와 팀장의 관계를 객관적으로 관찰해 주고 나의 미운털에 대해 말해 줄 수 있는 동료를 찾자.

나를 공감해 주고 지지해 줄 옆자리 동료의 존재는 중요하다. 서로 하소연하고 위로해 줄 동료의 존재는 강력한 심리적 자본이다. 이런 동료가 없으면 심리적 외로움이 업무의 무력감으로 이어지기 쉽다. 최 대리는 지금 한겨울 살을 에는 추위 속에서 창문 넘어 단란한 가정을 들여다보는 성냥팔이 소녀와 같은 신세다.

나와 대화 후 최 대리는 팀원들에게 점심도 사며 가까워지려고 노력했다. 그러나 자신과 팀장의 관계에 대한 의견은 차마 물어보지 못했다. 이것은 누구에게나 쉽지 않다. 동료의 객관적인 관찰, 조언을 듣기 위한 대화는 자칫 상사에 대한 불만으로 비칠 수 있다. 특히 팀장과 사이가 좋은 그들에게 말하기엔 리스크가 있다. 좀 더 시간을 요구하는 관계 형성이 필요했다. 최 대리는 새로운 부서에서 동료에 대한 마음 투자를 소홀히 했다. 업무 따라잡기 위한 첫 번째 골든 타임에 이어 관계 형성을 위한 두 번째 골든 타임도 놓친 것이다.

직접 물어보자.
이때 화살의 방향은? 상사가 아닌 내게로!

딱히 상황이 개선되지 않으면서 출근하는 최 대리의 발걸음은 점점 무거워졌다. 우리는 직면하는 방법을 택하기로 했다. 상사에게 직접 물어보자. 이때 "나에게 왜 이러는지 말해 주세요"라는 직접적 화법은 곤란하다. 큰일 날일! 상사는 이 말을 도전으로 들을 수 있다.

그리고 상사가 "무슨 일? 웬 생뚱?"하면서 딴청을 부리면 그때부터 상황은 지뢰밭이 아니라 지옥이 된다. 몇 차례 퇴짜를 맞은 문서를 들고 가서는 낮은 자세로 물어보자.

"팀장님, 제가 업무에 미숙해서 팀장님을 번거롭게 해드리네요. 저도 잘하고 싶은데 제가 어떤 면을 바꾸어야 할지 말씀해 주실 수 있을까요?"

문제가 나를 껄끄럽게 대하는 너, 상사의 문제가 아니라 부족한 점이 있는 나의 문제이니 알려 달라는 정중한 요청이다.

상사는 이 말을 듣고 어떤 반응을 할까?

첫째, 최 대리에 대한 팀장의 감정이 생각보다 나쁘지 않다면 이 질문을 가볍게 넘길 것이다. "그래요? 딱히 고칠 것은 없지만 이런 경우는 이렇게 하면 좋겠어요." 상황 끝이다.

둘째, 최 대리에 대한 불편한 감정이 있는데 솔직한 팀장이 아니라면 대놓고 피드백은 하지 않는다. 그러나 어느 정도 필요한 피드백을 흘릴 것이고 미운털이 다소 빠질 것이다.

셋째, 직선적인 상사는 물 만난 고기처럼 최 대리의 부족한 점을 콸콸 쏟아낼 것이다. 이건 OK. 나의 문제를 시원하게 들을 기회다. 이후 잘하면 관계 개선의 물꼬가 트인다. 아마 직선적인 상사였다면 지금 상황이 생기지도 않았을 것이다.

넷째, 잘 해보고 싶어 하는 부하 직원의 요청에 딴청을 부리며 외면하는 상사이다. 그렇다면 그는 리더십이 꽝!이다. 쿨하게 돌아서자. '이자에게서 배울 것은 없구나!'

다행히 최 대리는 기회를 포착했고 두 번째 타입인 팀장은 견딜 만하게 부드러워졌다. 그러나 여전히 웃음엔 인색했다. 이건 그가 미운털이 확실히 박혔다는 증거다. 이쯤 되면 최 대리의 문제라기보다 상사 본인의 문제일 수 있다. 상사도 뭔가 불편한 게 있는 것이다. 그도 그 불편함으로 에너지가 소모되고 있다.

헤어질 때까지 묵묵히 견디자. 무기를 갈면서!

이런 상사라면 헤어질 때까지 견디자. 일단 업무로 승부하자. 상사의 태도와 관계없이 나의 실력을 기르는데 최선을 다하자. 긴급한 일이라면 저녁 시간과 주말도 양보하자. 그는 언젠가 나와 헤어질 사람이고 내가 더 회사에 오래 다닐 사람이다. 나의 조직생활이 이런 사람으로 구겨질 수는 없다. 노, 노! 상사 입장에서는 분명히 설명할 수는 없는데 괜히 불편한, 미운 직원이 있다. 그러나 그가 노력하는 사람이고 탁월한 실력을 갖추었다면 적어도 일에 대해서는 존중하지 않을 수 없다. 부서에서 일 잘하는 사람을 미워해 봤자 상사만 손해다.

그러니 껄끄러운 관계는 한편에 접어두고 차근차근 실력을 갖추자. 어느덧 나는 무시할 수 없는 존재가 된다. 상사와는 드라이하게 일로만 이야기하자. 모든 업무를 그가 커버할 수 없는 한 나의 존재는 탄탄해진다. 이래야 지금 상황으로 내가 무너지지 않고 오히려 상사의 미운털이 나의 업무 탁월성을 키우는 선물이 될 수 있는 거다. 우리는 어려움을 대하는 두 갈래 태도에서 추락하거나 성장한다. 상황에 무너지는가? 상황을 받아들이고 배움의 기회로 삼는가?

이것도 저것도 통하지 않는 상사에게는? 차라리 피하라. 타부서로 이동을 알아보자. 배움의 기회도 되지 않은 상사에게 샌드백이 될 필요는 없다.

미운털의 실체를 알려면

나도 부하 직원이었을 때 최 대리와 같은 경험을 했다. 그때 내가 본능적으로 선택한 방법은 동료였다. 나를 지지하는 동료들을 늘리며 심리적 안정감을 얻었다. 그땐 업무의 탁월성으로 승부할 생각을 하지 못했다. 그저 상사를 원망하고 동료와 같이 흉보기에 바빴다. 업무 능력은 제자리였으나 적어도 동료의 지지가 있었기에 마음의 상처는 회복되었다. 그때로 돌아가면 그 상사에게 물어보겠다. 나의 미운털이 무엇이었냐고. 지금 꿍하니 뒤끝 작렬하는 건 아니다. 나 자신을 위해서, 내가 더 나아지기 위해서 꼭 알고 싶다.

나는 결국 묻지 못했고 지금도 가끔 궁금증이 올라온다. 몇몇 상사들이 떠오른다. 연수를 가게 되어 결재를 받으러 갔을 때 눈길조차 안 주던 상사. 만삭이 되어 겨우 70일 육아휴가 신청서를 들고 갔을 때 연말 마감에 지장이 있다며 한숨 푹 쉬고 의자를 돌려 앉던 상사. 성질 급한 아이 때문에 이틀 후 나는 출산을 했다. 뭔가 확실한 피드백도 못 주면서 애매하게 혼만 냈던 상사 등등.

최 대리도 헤어지는 순간에 상사에게 물어보겠다며 고객을 끄덕였다. 상대가 괜찮은 사람이라면 뭐라도 얻을 수 있다. 아니면 말고. 그냥 그동안 똥 밟았다고 생각하면 된다. 그런데 대체로 미워하는 당사자들은 미운털을 설명하지 못한다.

나와 너는 서로의 거울. 투사일 수 있다

심리학에서는 많은 경우 이것을 투사로 설명한다. 우리는 서로에게 거울이다. 자신이 마음에 품고 있는 것을 상대에게서 보게 된다. 즉, 최 대리부터 팀장이 싫었던 셈이다.

다른 한편으로는 상대가 가진 결점이 유난히 싫은 이유는 바로 그 점을 내가 가지고 있기 때문이다. 최 대리를 통해 팀장은 숨기고 싶은 자신의 단점을 보았을 수도 있다.

우리는 자신과 주변을 잘 인지하며 살고 있다고 생각한다. 그러나 인지의 영역은 빙산의 일각이라고 칼 융 선생님께서 말씀하셨다. 수면 아래 전체 덩어리는 어마어마하게 크단다. 그중 수면 바로 밑부분을 융 심리학자들은 자아의 무의식 영역, 개인의 그림자 영역이라고 부른다. 평소에 부정하고 싶은 내 모습, 그래서 무의식적으로 꼭꼭 숨겨둔 나의 그림자는 상대라는 거울을 통해 훤하게 비칠 수 있다. 그럴 때 방어심리가 발동하며 상대를 거부하게 된다.

그것이 나의 그림자임을 인정할 때 상대에게 돌리는 화살을 멈출 수 있다. 내가 현직에 있을 때 이유 없이 불편하고 그래서 거리를 두었던 직원들. 그들은 숨기고 싶었던 내 모습을 가지고 있었다. 정확히 알지도 못하면서 확신에 차서 떠들어대던 모습, 원칙을 고수하느라 일하는데 발목을 잡았던 모습 등. 이것을 인정하면 상대에 대한 미움이 한풀 꺾인다. 아! 그는 나와 같은 부류구나. 이렇게 무의식의 그림자가 빛을 받으면 의식의 영역으로 넘어온다. 융 선생님 말씀으로는 의식의 영역이 점차 넓어지는 것이 성숙의 과정이란다.

나는 최 대리에게 팀장과 관계가 그 자신의 투사, 또는 서로의 투사일 수도 있다는 말을 하려다 입을 다물었다. 여기까지만 하자. 투사니 무의식이니 그림자 자아니 하는 말을 소화하기에 그는 아직 젊다. 혹시라도 10여 년 후에 다시 그를 코칭하게 되면 그때 이야기해 주리라. 그는 긍정적이고 인정이 빠르고 조언을 잘 흡수하는 사람이다. 오늘처럼 넘어지고 일어나면서 시간이 가면 크게 성장해 있을 것이다.

최 대리! 괜찮다. 이렇게 겪고 견디며 빠져나오려 애쓰는 것이 회사생활이다. 너만의 문제가 아니다. 다 그러고 산다. 이게 다 월급 값이다.

2.
상사는 날씨다!
상사를 대하는
열 가지 기술

"상사 때문에 미치겠어요. 정확하게 업무 지시도 못 하면서 일이 잘못되면 발을 빼고 아랫사람한테만 난리 쳐요. 책임을 안 져요. 저런 사람이 임원까지 올라가다니 조직도 문제에요."

모 언론사 조사를 보면 직장생활이 힘든 이유는 일 자체가 15%이고 인간관계가 85%다. 85%를 차지하는 '관계'에서 가장 많은 부분은? 상사, 특히 직속 상사와 관계다. 한 국외 조사업체가 직장인의 이직 사유를 조사했다. 1순위는 급여 불만이 아니다. 상사가 싫어서이다.

상사는 날씨다!

상사를 한마디로 정의하면 무엇일까? 상사는 날씨다.

날씨는 내가 컨트롤 할 수 없다. 날씨가 좋으면 기분이 좋지만, 비 오고 바람 분다고 불평해 봐야 소용없다. 그저 날씨가 바뀌기를 기다리는 수밖에. 그래도 비 오는 날에는 대비가 필요하다. 되도록 외근을 줄이고 우산을 준비하고 방수되는 옷을 입고 방수 신발을 신을 수 있다. 그렇게 대응하다 보면 언젠가 날씨는 변한다. 유난히 혹독한 날씨가 지속하는 해는 있어도 일 년 내내 쉼 없이 비가 오는 때는 없지 않은가? 그렇다. 상사를 자연의 일부인 날씨라고 생각하고 그를 대하는 현명한 방법을 찾아보자.

하나, 상사의 면전에서 No! 하지 말자

말도 안 되는 지시라도 일단 듣고 접수한다. 자리를 물러나서 적당한 때를 잡아 다시 이야기를 청한다. 이때 그의 지시에 반박하는 논리를 조목조목 준비해 가는 것은 금물! 이건 과거 내가 쓰던 방법이다. 당신의 지시는 매우 효과적이다. 그런데 이 방식으로 일이 진행될 때 이러이러한 경우도 예상된다. 그럴 때 어떻게 해결하는 것이 좋을지 조언을 구하고 싶다. 한마디로 하긴 하되 망할 경우를 대비하자는 것이다.

웬만한 상사는 여기에 답을 하면서 자기 지시의 맹점을 발견할 수도 있다. 그러면 인정하고 방향을 바꿀 수 있다. 그러나 이것도 통하지 않는 꽉 막힌 상사도 널려 있다. 그럴 땐 그냥 따라라. 얼굴은 평온하게, 언어는 공손하게, 마음은 딴생각을 하며. 영혼 없음을 최대한 들키지 말고 굼뜨게 일하자. 일이 너무 빨리 진행되면 되돌릴 때 시간이 더 걸리니까.

둘, 상사의 성격과 업무 스타일을 잘 파악하자

그가 스스로 결정하기 좋아하는 카리스마형인지, 타인의 의견을 듣고 신중히 결정하는 합리형인지, 정확한 근거가 있어야 수긍하는 분석형인지, 세세한 분석보다는 전체를 보고 결정하는 직관형인지를 먼저 파악하자.

또한 그가 어떤 보고 방법을 선호하는지 알자. 처음부터 순서대로 설명 듣는 타입인지, 결론부터 듣고 궁금한 것을 묻는 타입인지를 빠르게 파악하자. 결론부터 원하는 상사에게 미주알고주알 깨알 설명 들어가면 초반부터 미움받는다. 참고로 상사는 위로 올라갈수록 급해진다. "그래서 결론이 뭐야?" 이런 상사가 더 많다. 나도 그랬다.

셋, 상사의 취향과 개인사에 관심을 두자

험난한 직장생활에서 매끄러운 인간관계를 만들려면 상사의 관심사를 들어주고 물어주고 기억해 주자. 진지한 호기심은 상대에 관한 관심이고 이것은 상대의 마음을 열게 한다. 서로 마음을 열어야 일도 잘된다. 아부와는 다르다. 그의 빛났던 시절과 레퍼토리를 참을성 있게 들어주자. 좋아하는 음식을 기억해 주고, 자녀가 몇

학년인지 무슨 문제로 고민하는지 무심한 척 듣고 기억했다가 되물어주자. 단, 사생활에 대한 과도한 호기심은 금물이다. 눈치껏 하자.

넷, 쓸데없는 오해를 하지 말자

상사가 유독 나만 미워하는 것 같을 때가 있다. 사실일 수도 있다. 그러나 대부분 나의 자의적 해석일 뿐이다. 이런 오해는 사람을 괜스레 위축시켜 결국 나만 손해가 된다. 정 괴로우면 찾아가서 솔직한 내 느낌을 말하고 어떤 면을 고쳐야 하는지 물어보자. 설령 사실이라도 그는 일단 부인할 것이다. 이후 그도 조금은 조심할 것이다. 그걸로 만족하자.

다섯, 원수 같은 상사와 헤어진 후 찾아가라

기다리면 날씨가 바뀌듯 지옥 같은 상사와도 언젠가는 헤어진다. 그때 내키지 않더라도 생과일주스 한잔 들고 찾아가라. 헤어진 부하 직원의 방문을 받아본 적 없는 상사는 일단 놀라고 돌아서서 고마워할 것이다.

"저런 사람에게도 찾아오는 사람이 있네?"

주변의 의아한 시선 속에 나는 괜찮은 사람이 된다.

여섯, 적극 어필하라. 즉각 답을 하라. 보고 타임을 놓치지 말라

상사는 내가 하고 있는 일을 자세하게 알지는 못한다. 이럴 때

적극 어필하라. 단, 내가 하는 일이 이렇고 저렇고 생색낸다면 하수다. 그 일을 하면서 고민되는 점에 조언을 구하라. 상사라면 어찌할까를 묻는 것만으로 충분한 어필이 된다. 상사는 침을 튀기며 조언을 할 것이다. 그러면 내가 업무에 집중하고 고민하고 있다는 사실이 저절로 어필이 된다. 필요하지 않아도 조언을 구하자.

상사가 메일, 카톡으로 지시하면 일단 경쾌하게 접수 응답을 하자. "옙!" 이걸로 충분하다. MZ세대인 딸아이는 답이 준비될 때까지 상사 메일에 반응하지 않는단다. 오~ No! 상사는 적어도 X세대다. 자신의 노크에 무반응이면 고개가 삐딱해진다. '어? 이 친구, 답이 없네. 뭐지? 무시하는 건가?'

보고 타임을 놓치지 마라. 설령 상사가 스치듯 가볍게 지시한 사항이라도 나의 노트에 적어 놓자. 그 자신도 잊어버리고 있었던 사항이라면 나에 대한 신뢰는 급상승한다. '내가 전에 말했었지. 잊고 있었는데 기억하고 보고를 하네. 그 친구 꽤 쓸 만한데?'

보고 타임을 못 맞출 것 같으면 뭉개지 말고 찾아가서 재조정을 요청하라. 단, 이때 변명은 금물이다. 시간이 더 필요한 이유를 말하고 막히는 부분에 대한 조언을 청하라.

일곱, 상사의 점심 약속을 곁눈으로 챙기자

상사는 외롭다. 문득 고개 드니 모두가 빠져나간 사무실이 두려울 때가 있다. 가끔 상사에게 밥 사 달라 청하라. 내키지 않으면 타

부서 동기들을 부르자. 나는 밥값이 굳고 상사는 혼밥을 해결한다. 그는 후배들에게 이것저것 조언까지 하며 기분 좋게 쏜다. 동기들도 맛있는 것 얻어먹으려면 이 정도는 참아야 한다. 누가 알겠는가? 그 친구들도 언젠가 그를 상사로 모시게 될지. 어느 따스한 봄날, 왁자지껄 떼 지어 몰려 나가는 팀원들을 바라보며 나 혼자 남겨진 기억이 새롭다. 상사는 외롭다.

여덟, 여자 상사의 웃음에 속지 말고, 남자 상사의 '버럭'에 신경 쓰지 말자

여자 상사의 심리 구조는 복잡하다. 본심과 표현이 상반되는 때도 있다. 심지어 본인조차 그 사실을 모를 때도 있고 그럴 땐 아랫사람이 더 힘들다. 나도 여자 상사라 스스로 폄하하고 싶지는 않으나 대체로 사실이다. 여성의 웃음을 액면 그대로 믿지 마라. 맥락으로 이해하자.

남자 상사의 '버럭'에 너무 큰 의미를 두지 말자. 내가 상처받고 끙끙거리는 동안 그는 언제 그랬냐는 듯 잊어버린다. 혼나고 맘 상해서 쭈뼛거리는 여성 후배들이 많다. 너만 손해다. 신경 쓰지 말고 털어버리자. 멘탈이 강해야 한다.

아홉, 상사의 부당한 지시에 대응하는 방법

아직도 상사나 고참이 커피를 요구하고 프린트와 팩스, 휴가 등록을 부탁하는가? 이때 싹싹하게 즉각 들어주는 것은 금물! 다소 뜨악한 표정과 굼뜬 행동으로 그러나 친절하게 알려 드리자. 물론 급할 땐 일단 처리해 주자. 이런 패턴을 꾸준히 반복하자. 부하 직원이 해주는 것을 당연하게 생각하지 않고 불편하게 느끼며 스스로 시도할 때까지 말이다. 상사를 대하는 것은 어쩌면 아이들 키우는 것과 비슷하다. 결핍을 느끼면 배우려고 한다. 요즘 커피와 프린트를 부탁하는 상사는 없을 테다. 부디 쓸데없는 조언이기를!

열, 상사의 입장에서 한번 생각해 보자

살면서 관점과 행동이 수시로 달라지는 것은 어쩔 수 없다. 지위가 올라갔는데 말단의 태도와 시각을 가지고 있는 것도 문제다. 계단을 하나씩 올라가면 앞에 펼쳐진 시야도 달라지지 않는가? 그도 자신의 입장에서 열심히 하고 있음을 인정하자. 물론 정 아닌 때도 있다. 이럴 땐 그를 미워하기보다 그의 한계를 받아들이고, 내가 상사가 되었을 때 어떻게 할 것인가를 생각하자. 지나고 나면 못된 상사는 있었지만, 최악의 상사는 드물다. 최악의 상사라도 내게 주는 교훈은 분명히 있다. 타산지석이자 반면교사. 영원한 건 없다. 길어야 3년, 5년 아닌가? 이것을 진작 알았으면 좀 더 편안하고 순조롭게 직장생활을 했을 텐데! 상사 스트레스에 너무 목매지 말자. 다 지나간다.

지금 나는 어떤 상사와 일하고 있는가?
나를 힘들게 하는 상사라면 어떤 전략을 쓰고 있을까?

3.
부하 직원이
답답하다

"아니! 김 부장. 다 같이 모여서 회의하는데 이 정도는 파악하고 오는 게 기본 아닌가요?"

박 상무는 김 부장을 보며 자기도 모르게 목소리를 높인다. 상사인 나에게 보고하는 자리에서 자기 팀원에게 업무 상황을 물어가며 보고하다니! 이 정도는 미리 파악하고 왔어야 하는 것 아닌가? 열이 확 오른다. 경력사원으로 몇 달 전 합류한 김 부장은 열심히는 하는데 일의 우선순위가 맞지 않고 성과도 시원치 않다. 김 부장은 박 상무에게 찾아와 의논하는 법도 없다. 시간 되면 일을 끝내기는 하지만 방향성은 늘 삐딱했다. 중간에 의논 좀 하지! 커뮤니케이션도 문제인 것 같다. 기대했던 것과 동떨어진 모습에 박 상무는 참다못해 김 부장에게 일대일 면담을 요청했다. 그리고 면담

3일 전 박 상무는 내게 코칭을 신청했다.

부하 직원과 면담할 때 증거자료부터 챙긴다?

"기대와 다르니 답답하겠네요. 면담은 어떻게 준비하고 있어요?"

박 상무는 단단히 준비하고 있었다. 그동안 실수한 업무 처리와 주고받은 메일 등도 모아 놓았다. 한마디로 증거 수집은 마쳤다. 정확한 피드백을 위해 필요한 부분이긴 하다. 그의 얼굴에서 전의가 느껴진다. '우씨! 이 친구를 빨리 고쳐서 써먹어야지. 따끔하게 말해야 해.' 그의 속내가 읽힌다.

"그는 어떤 사람이에요?"

"네? 어떤 사람요?"

갑자기 들어온 내 질문에 그는 어리둥절했다.

지금 헤매고 있는 김 부장을 좀 멀리서 바라보면 그의 어떤 모습이 보이는가를 물어봤다.

"글쎄요. 새로운 환경에 적응하려고 애쓰고 있어요. 성실하고 인성도 좋고 리더십도 있는 것 같아요. 그런데 아직 결과가 나오지 않아 본인도 속상하겠다 싶네요."

"그렇군요. 그런 그를 보면 누가 생각나요?"

이런 상황에서 내가 자주 하는 질문이다. 박 상무는 한참을 침묵했다. 뜻밖의 대답이 들려왔다.

"저요. 제가 떠올라요. 부장 때 제 모습이요. 엄청 열심히 뛰어다니고 열정도 넘쳤지만, 성과가 따라주지 않았어요. 지금의 김 부장과 비슷했네요."

솔직한 자기 고백에 나도 흠칫했다.

그런 시절을 어떻게 통과했는지 물어보았다. 그는 힘이 풀린 눈
빛으로 말했다. 그때 그를 질책하기보다 기다려주고 격려해 준 상
사가 있었다고. '아하! 모멘트'의 순간이었다. 그에게 어떤 상사가
되고 싶냐는 질문은 이미 필요 없었다. 그는 순식간에 자기가 해야
할 일과 면담의 방향을 스스로 정했다. 우린 3일 후 김 부장과 있
을 면담 상황을 가볍게 롤 플레이하며 코칭을 마무리했다.

팩트보다 경청과 공감부터!
순서만 바뀌어도 대화가 달라진다

며칠 후 만난 박 상무는 약간 흥분된 표정이나 밝은 모습이었다.
"코칭 없이 면담했다면 큰일 날 뻔했어요."

그동안 수집한 증거는 일단 밀쳐 놓았단다. 새로 합류한 회사생
활의 어려움을 묻는 상사의 질문에 김 부장은 자신의 심정을 콸콸
쏟아냈다. 그는 자신이 헤매고 있다는 것을 충분히 알고 있었다.
괴롭고 초조한 상황에서 잡힌 면담으로 지난 며칠간 잠도 못 잤다.
그리고 새로운 회사에 적응하기도 벅찬데 조급하게 재촉하는 박
상무의 스타일로 심한 압박감을 느끼고 있노라 솔직히 이야기했
다. 그의 이야기를 한참 들어준 박 상무는 부장 시절 자신의 모습
을 고백했다. 그때 기다려 준 과거 상사의 이야기도 해 주었다. 마
지막에 박 상무는 자신도 김 부장에게 그런 상사가 되고 싶다고 말

했다. 이 대목에서 김 부장은 말을 잇지 못하고 울컥했다. 직장생활 통틀어 자기 이야기를 들어주는 이런 식의 면담은 처음 경험했단다.

워낙 분명한 성격의 박 상무가 그렇게 감성적으로만 면담을 끝낼 사람은 아니다. 공감은 공감이고, 팩트는 별도다. 다음 단계로 준비한 자료를 공유하며 직접 피드백을 했고 요구 사항도 말했다. 마지막에는 "내가 도와줄 것은 없나요?"로 마무리했다. 그 후 그들은 이전보다 자주 대화를 하고 있다. 박 상무는 급한 성격만큼 깨달음과 흡수력도 번개 같았다.

보람차다.

물론 그들이 과거 패턴을 완전히 바꾸지는 못할 것이다. 그러나 문제를 앞에 두고 적어도 머리를 맞댈 것이다. 상사는 먼저 부하 직원의 상황을 물어봐 주고, 부하 직원은 이해를 받고 설명할 기회를 잡을 것이다.

리더는 지시하는 자가 아니라 질문하는 자

시대에 따라 산업의 본질이 달라졌다. 더 많은 생산과 결과가 중요한 시대에 통했던 수직적 리더십은 지금 사회에서 더 이상 작동하지 않는다. 미래를 예측할 수 없고, 다양한 정보가 폭포처럼 생성되고, 서로 다른 영역들이 융합하는 이 어리둥절한 세상에서 전통적 조직의 리더십은 폐기될 운명이다.

전체 조직원들의 생각을 자극하고 그들의 자발성을 끌어내는 것이 조직 성장에 필수다. 시니어 직원들의 경험과 지혜로만 대응할 수 있는 사회는 끝났다. 가보지 않은 길, 그래서 상상력과 창의적 발상으로 상품과 서비스를 만들어 고객을 만족하게 해야 한다. 그러려면 지시보다 질문으로 생각을 자극하고, 스스로 무엇을 언제 실행할 수 있는지 묻는 대화 방식이 유용하다. 사람은 자기 생각을 말하고 그것을 스스로 실행할 때 가장 창의적이고 자발적이다. 피터 드러커 선생님은 이미 수십 년 전 말씀하셨다.

"미래의 리더는 질문하는 자이다!"

지시하는 자가 아니란 말씀.

실적에 대한 닦달이 아니라 새로운 회사에서 어려움이 없는지를 먼저 물어봐 준 박 상무. 그의 질문으로 답답했던 자신의 상황을 쏟아 냈던 김 부장. 상사에게 이해받았다고 느낀 김 부장은 입사 후 오랜만에 편안한 잠을 잤을 것이다. 그리고 축 처졌던 에너지가 올라가면서 각오를 다질 것이다. 그는 이제 혼자가 아님을 느낄 것이다. 상사 또한 스스로 모든 업무를 통제하려는 패턴에서 벗어나고 여유를 가질 수 있다.

나는 회사를 떠나기 직전에야 이 모든 것을 깨달았다. 오늘도 부하 직원을 붙들고 열을 내고 있는 후배들에게 이 간단한 사실을 말해 주고 싶다. 지시하기 전에 질문하라. 그리고 들어라. 그도 잘하고 싶어 하는 사람임을 믿어라. 믿지 않으면 너만 고달프다.

지시하는 대로만 움직이는 부하 직원을 원하는가?

스스로 결정하고 실행하며 자신의 잠재력을 발휘하는 직원을 원하는가?

당신은 지금 얼마나 질문하고 있는가? 혹은 답정너인가?

4.
골프채 리더십,
그때는 맞고
지금은 틀리다

직장생활을 하면서 가장 많이 들었던 단어는? 리더십이다. 가장 많이 받았던 연수는? 리더십 연수이다. 직급이 올라갈수록 가장 신경 쓰였던 부분은? 나에 대한 리더십 평가이다. 나의 승진에 발목을 잡았던 항목은? 역시 리더십 결과다. 리더십 이슈는 언제 어디서나 핵심 화두이다.

리더는 누구인가? 카리스마 작렬하는 사람은 리더십이 강한가? 그래서 어른들이 애들 노는 꼴을 보고 "저놈은 장군감이야"라며 리더를 점지해 주셨던가? 그렇다면 조용하고 수줍어서 카리스마를 전혀 찾아볼 수 없는 사람은 리더십이 약한 자인가?

지금 사회는 개인 중심이다. 비즈니스도 물리적 공간보다 가상 플랫폼에서 일어난다. 개인과 플랫폼 중심에서는 어느 때보다 수

평적 관계가 필요하다. 그렇다면 수평 사회에서는 리더십이 필요 없을까?

지금 필요한 리더십은? 그때그때 달라요!

집단생활이 시작된 시대에 리더십은 타고난 것으로 생각했다. 어른들 말씀처럼 개인의 타고난 기질, 행동 특성, 성향으로 리더십이 있고 없음을 결정했다. '리더십 자질론'이라고 한다.

이후 타고난 사람만이 리더가 되기에는 조직도 커지고 필요한 영역도 많아졌다. 한마디로 리더의 수요가 많아졌다. 그래서 연구가 시작되었다. 잘하는 리더는 어떤 사람인가? 무슨 행동 특성이 있는가? 그들을 연구하여 따라 하면 리더십을 기를 수 있다고 믿었다. '리더십 행태론'이다. 이렇게 해서 최고의 리더를 벤치마킹하는 교육이 퍼졌다. 나도 리더가 된 이후 20년간 수많은 따라 하기 교육을 받았다.

감성지능을 제창한 다니엘 골맨은 리더십을 6가지 형태로 분류했다. 지시형(까라면 까!), 비전형(가자! 앞으로!), 선도형(나를 따르라!), 민주형(여러분, 토론합시다!), 친화형(혼자 가면 빨리 가고, 같이 가면 멀리 간다~), 코칭형(모든 사람에게는 문제를 해결할 수 있는 잠재력이 있다) 리더십이다.

무엇이 바람직한 리더인가? 결론은 '그때그때 달라요'다.

위기 상황이라고 가정하자. 구성원들이 모두 참여해 오랜 토의로 대처 방안을 마련할 것인가? 아니다. 위기 때는 상황을 빠르게 분석하고 신속한 실행을 위한 명령, 지시, 감독의 카리스마형이 적합할 것이다.

구성원들이 이미 충분히 동기 부여된 경쟁력 있는 팀을 맡았다고 하자. 여기에 리더가 일일이 잔소리하며 따라다닌다면 어떤 일이 벌어질까? 그들은 짬만 나면 구직 사이트를 뒤질 것이다. 이들에게는 도전적 목표를 공유하고 비전을 제시하면 된다. 그들은 스스로 움직인다.

구성원 역량의 낮고 자발성이 떨어지는 조직이라면 과연 참여와 토론의 민주형 리더십이 적합할까? 아마 무엇하나 결정하지 못하고 같은 주제를 맴돌 것이다. 이때는 학습하는 환경, 멘토링, 세밀한 지시와 점검, 피드백 등이 먹히지 않을까?

새로운 환경이 빠르게 펼쳐지고 있는 혁신의 순간에 필요한 리더십은 무엇인가? 책에서는 '변혁적 리더십'이라고 한다.

나영석 PD와 김태호 PD. 그들의 공통점과 차이점은?

둘 다 수년간 안방을 점령하고 있는 걸출한 PD다. 성공했다는 공통점이 있지만, 각자의 성공 방식은 다르다.

몇 년 전 나영석 PD의 특강을 들은 적이 있다. 그가 자신의 성공을 설명한 말이 생각난다. 어눌한 시골 아저씨 같은 나 PD는 말했다.

"저요? 전 별로 한 게 없어요. 그냥 팀원들이 격렬하게 아이디어를 낼 때 옆에서 구경만 해요. 그리고 될 만한 것을 골라 집요하게 본부장을 설득해 예산을 딴 것뿐이에요."

반면 김태호 PD는 그 자신이 천재인 듯하다. 그의 머릿속에는 새로운 아이디어가 끊임없이 올라오나 보다. 안방을 책임지는 걸출한 두 PD는 상반된 리더십 성향을 가지고 있다. 한 사람은 끌어내는 자, 다른 한 사람은 이끌고 가는 자. 좋고 나쁨은 없다.

개인이 가진 특성에 따라 리더십 스타일은 다르다. 하지만 상황과 구성원에 따라 다른 리더십을 발휘하는 것이 더 중요하다. 이것을 어떤 이는 '골프채 리더십'이라 하고 어떤 코치는 '리더십의 모자 바꿔 쓰기'라고 표현한다. 영화 제목을 빌리자면 『그때는 맞고 지금은 틀리다!』이다. 이걸 '상황적 리더십'이라고 한다.

그때는 맞고 지금은 틀리다

골프 칠 때 롱 홀에서 드라이버 대신 아이언을 잡는 사람이 있는가? 괴력의 소유자라면 몰라도. 그런데 이 또한 정답은 아니다. 전방에 한 번에 넘기 힘든 해저드가 있다면 드라이버를 포기할 수 있어야 한다. 반면 그린에 올라서서 홀 컵에 공을 넣어야 하는 순간 긴 채를 휘두르는 사람이 있는가? 평소 카리스마 작렬해도 숨을 아끼며 소심하게 퍼터를 움직일 것이다.

나는 어땠는가? 우드가 유난히 잘 맞았다. 드라이버보다 거리가 더 나가는 경우가 많아 동반자들은 고개를 갸우뚱했다. 비탈에서도 잘 맞았고 모래 벙커에서도 쭉쭉 잘 나갔다. 심지어 짧게 잡으면 아이언보다 거리 맞추기가 쉬웠다. 그러다 우드가 삐끗하기 시작했다. 다른 클럽들은 주로 백 속에 모셔 두고 있었던지라 나는 그때부터 골프 지진아가 되었다.

내 리더십도 그랬을까? 나의 기질대로 내가 성공한 특정 상황에 매달려 같은 스타일을 고집했나? 신속해야 하는 순간에 팀원들에게 이것저것 검토시키느라 시간을 허비했고, 반대로 긴 호흡이 필요한 순간에 당장 결과를 위해 성마르게 독촉하지 않았나? 역량 있는 직원에게는 권한을 위임했고, 경험과 지식이 부족한 직원에게는 차근차근 숙제를 주고 수시로 피드백을 주었는가? 부드러워야 할 때 강했고, 물러서야 할 때 버티지는 않았는가? 우드만 고집했던 나의 골프처럼 말이다.

리더로서 나는 상황에 맞는 적합한 채를 선택하지 못했다. 내 리더십이 좀 더 유연했어야 한다는 사실을 이제라도 자각했으니 그나마 다행이다. 모든 변화는 알아차림과 인정에서 시작된다. 그 순간이 새로운 출발점이다. 비록 직장을 졸업했지만, 삶의 다른 장면에서 여러 가지 골프채를 잡아 보련다. 우리 인생 자체가 죽을 때까지 어디서든 이끌고 이끌리는 리더십 현장이 아니겠는가?

당신은 지금 어떤 골프채를 들고 있는가?

5.
우리는 어떤
리더에게서 배우는가?

"지금 팀에서 제가 팀장 역할을 하고 있느라 스트레스가 만땅이에요. 우리 팀장님, 사람은 좋은데 도대체 핵심을 몰라요. 업무 지식도 약하고요. 그나마 성질 고약하고 깐깐한 이전 팀장보다는 낫다고 생각해야겠지요?"

한숨 푹 쉬며 답답한 마음을 쏟아내는 후배를 앞에 두고 나는 잠시 과거를 돌아본다. 나는 그간 어떤 리더를 만났더라?

똑부, 쫓아가다 가랑이 찢어졌다

신입 때 만났던 상사는 전형적인 똑부(똑똑+부지런함)였다. 해박한 지식으로 무장하고 쉼 없이 일하였다. 지시가 떨어진 일은 물론이고 다른 일도 앞질러서 찾아 했다. 목표치도 높아 하나를 달성하면 즉시 한 단계 높였다. 물론 나는 많이 배웠고 이후의 직장생활은 단단해졌다.

이후 더 센 똑부를 만났다. 그는 작은 일 하나도 놓치지 않았고 미래를 준비하는 통찰력도 지녔다. 한마디로 깊이와 넓이를 다 갖추었다. 그의 책상에는 자료가 산더미처럼 쌓여 있었고 주말에 퇴근할 때는 가방이 터지도록 자료를 싸 들고 갔다. 물론 나도 많이 배웠다. 쫓아가느라 실력도 늘었겠지. 그러나 난 갖춘 능력이 평범한지라 헐떡이다가 도중에 탈락했다. 죽자고 따라간 몇몇은 그를 닮아갔고 높이 올라갔다. 그러나 원조 똑부를 뛰어넘지는 못한 것 같다.

똑게, 워낙 희귀종이라 멸종위기에 있다

드물지만 똑게(똑똑+게으름)도 만났다. 그는 명석하고 핵심을 잘 잡았다. 직관력도 뛰어났다. 그런데 이 분 스타일은 똑부와 좀 달랐다. 사무실에서 빈둥거릴 때가 많았고 직원들을 불러 이것저것 사사로운 대화를 하기도 했다. 퇴근도 웬만하면 정시에 했고, 집에 갔겠지 하면 맥줏집이라며 팀원들을 불러냈다. 도대체 이분은 언제 공부하고 고민하나?

정해주는 일의 우선순위가 분명해서 우리는 핵심적인 일에 전념할 수 있었다. 서툰 내게도 자율성을 주었다. 방향이 어긋나면 중간에 핵심을 잡아 주었다. 윗선과 회의에서는 불필요한 일을 소신 있게 커트해서 우리에게 가져와 주었다. 제일 존경했던 리더였다.

그러나 희귀종인 이 분은 어느 인사철에 쓸쓸히 짐을 쌌다. 더는 배움의 기회가 없어진 나는 무척 아쉬웠다. 어떤 조직이나 그렇듯이 말로는 리더의 임파워먼트를 부르짖으면서도 정작 윗선은 그의 스마트한 여유가 거슬렸나 보다. 한국에서 농업적 근면성은 무시 못 한다. 지금의 조직은 어떨까?

멍부, 멀리서 보면 능력자로 오인한다

직장생활 중 가장 많이 만난 리더는 멍부(멍청+부지런함)다. 그는 성실하다. 위에서 떨어지는 일은 핵심과 우선순위에 관계없이 다 끌어안았다. 누가 보면 혼자 일을 다했다. 온종일 일에 매달리기 때문에 멀리서 보면 자칫 능력자로 오인 받았다. 운 좋게 옆에 헌신적이고 뛰어난 참모가 있다면 덕분에 능력자가 되기도 했다. 그러나 여과 없이 받아오는 일 폭탄에 팀원들은 지쳐갔다. 이걸 꼭 해야 하나? 저 사람은 자기 생각은 없나? 어쨌든 현실엔 멍부 리더가 제일 많다. 고달프고 짜증 났던 리더였다.

멍게, 이건 조직의 실수이다

제일 마음 편했던 리더는 멍게(멍청+게으름) 리더였다. 정확히 말하면 게으르기보다는 핵심을 모르니 우리에게 무엇을 시켜야 할지 몰랐다. 임원회의에 참석하고 나면 엉뚱한 지시를 내린다. 이러다 보니 회의에서 거론된 핵심을 파악하느라 나는 타 부서를 돌아다녀야 했다. 어쩌다 자신보다 턱없이 큰 의자에 앉게 된 이 분. 이

건 분명 조직의 실수다. 그렇지 않으면 조직의 비리(?)다. 그의 승진 뒤에는 각종 소문이 따라붙었다. 이런 인사 또한 종종 있다. 그와 일하면서 처음에는 몸과 마음이 편했다. 오랜만에 쉬어 가는 기분이랄까? 그러면서도 뒤가 개운치 않았다. 우리 부서가 뭔가 놓치고 있는 건 아닐까?

나는 어떤 리더에게서 가장 많이 배웠는가?

똑부와 일하면서 많이 배웠지만 내 것으로 소화하지 못했고 몸과 마음이 지쳐갔다. 이분에게는 속도와 방향이 둘 다 중요했고 따라오지 못하면 아웃이었다. 속도는 따라갔으나 종종 다른 의견을 내곤 했던 나는 어느새 그의 군단에서 밀려났다. 소수 추종자만이 최종 웃었다. 그러나 그 웃음 뒤에 계속되는 잔발질과 숨 막힘을 생각하면 그리 아쉽지는 않다.

똑게와 일하면서 내가 성장한다는 느낌을 받았다. 웬만한 일에서 스스로 기획하고 실행할 수 있는 자율권이 있었다. 지켜보는 눈을 느낄 수 있었으나 사사건건 관여는 없었다. 실수하면 방향을 다시 잡아 주었고 결과에 대해서는 같이 책임을 져주었다. 사람을 이끌려면 그들 뒤로 가야 한다는 노자의 리더십이 생각나는 분이다. 그러나 이분들은 워낙 천연기념물이고 조직에서 끝까지 가지 못했기에 만날 기회가 적었다.

멍부와 일할 때 제일 힘들었던 것은 우선순위 없이 쏟아지는 일이었다. 일의 양보다는 의미 부여가 안 되어 스트레스를 받았다. 그러나 사소한 것, 중요하지 않은 것, 충분히 알고 있다고 여겼던 것들을 다시 한번 들여다볼 기회가 되었고 후에 어딘가에 쓰이는 경험을 했다. 무엇보다 이분으로부터 변치 않은 성실성을 배웠다. 그리고 시간이 흐르면 그 성실함이 쌓여 실력이 되는 과정을 지켜보기도 했다.

내가 제일 성장할 수 있었던 리더는? 아이러니하게도 멍게와의 경험이었다. 물론 이분에게 직접 배운 것은 없다. 하지만 이 양반을 기댈 수 없으니 내가 나섰다. 촉각을 세우고 스스로 뛸 수밖에 없었다. 안테나를 높이 세워 회사 돌아가는 것을 감지해야 했다. 사업 핵심에 맞춰 무엇을 준비해야 하는가를 고민하면서 팀원들을 독려하고 머리를 맞댔다. 한마디로 결핍이 있는 곳에 자발성과 성장이 있었다. 돌아보니 어떤 리더에게도 배울 것은 있었다.

나는 어떤 리더였을까? 한때 똑부라고 착각했지만, 멍부이지 않았을까? 농업적 근면성만 가지고 괜한 일에 아등바등하느라 직원들을 힘들게 했던 것은 아닐까?

당신은 지금 어떤 리더와 일하고 있는가?
자신은 어떤 리더인가?

6.
리더의 진짜 용기는?
갑옷을 벗자

"새로 만나는 직원들을 어떻게 대해야 할지 고민이에요."

지점장으로 첫 발령을 받게 된 여성 후배와 마주했다.

"때로는 지점장으로서 어려움과 고민도 드러내고 나누는 게 좋지. 직원들은 그런 솔직한 모습을 보면서 리더를 이해하게 되지. 실적 달성이 어려울 때 스스로 움직이려는 자발성도 커지고."

순간 후배 지점장은 고개를 갸우뚱하였다.

"네? 다른 선배들에게 들었던 이야기와 다르네요? 좀 혼란스럽네요."

처음 지점장으로 부임하면 사사로운 대화는 삼가고 되도록 권위 있게 행동해야 한다는 거다. 그래야 직원 관리도 효과적이고. 특히 여성 지점장은 남성 팀장들이 얕잡아 보지 못하게 거리를 두고 대하라는 충고였다. 대부분 남성 선배들의 조언이었다. 많은 남성이 승진하면 목에 힘을 주고 말투도 바뀐다. 군대 문화의 잔재일까? 아니면 완장의 효과일까? 이런 남성들과 정반대 조언을 들은 후배는 결론을 못 내린 것 같다. 자주 연락하겠다는 말과는 달리 두 번 다시 내게 조언을 구하지 않는 것을 보니 남자 선배들 말을 따르고 있는 듯하다.

무엇이 옳을까? 어떤 자세를 취해야 직원들과 소통도 원활하고 그들의 참여를 끌어내 주어진 목표 달성에도 도움이 될까? 엄격하고 카리스마 작렬하여 일사불란하게 지시하고 높은 곳에서 진두지휘하는 알파형 리더일까? 자연스럽고 유연하게 직원들 사이를 다니며 질문하고 경청하는 베타형 리더일까? 아직도 직원을 관리의 대상이라 생각해야 할까? 그렇다면 남성 지점장들의 충고가 적합하겠다. 그러나 지금의 직원은 관리의 대상이라기보다 파트너라는 인식을 가져야 하지 않을까?

취약성을 드러낼 것인가, 수치심에 갑옷을 두를 것인가?

브레네 브라운은 『리더의 용기』에서 대담한 리더십은 리더 스스로 취약성을 드러내는 것이라고 강조한다. 그의 설명에 의하면 어려운 상황에 처했을 때 리더 스스로 답을 갖지 못함을 솔직히 인정하고 팀원들의 의견을 구하는 것이 취약성을 드러내는 한 예이다. 그러나 보통 리더들은 취약성 드러내기를 약점 공개로 오해한다. 그래서 취약성을 숨기고 갑옷으로 무장한다. 직원들의 부족함을 비난하고 성과를 종용하며 목소리를 높인다. 이런 행위 이면에는 자신의 불완전함이 비웃음을 받을 것이라는 두려움과 수치심이 깔려 있다고 설명한다.

그녀가 설명하는 취약성과 수치심의 차이를 살펴보자. 취약성을 드러내기 위해서는 용기가 필요하다. 내가 부족한 면이 있고 완전하지 못함을 인정하는 것이 전제된다. 그럼에도 리더로서 해야 할 일을 위해 실패하더라도 전력을 다해 도전하겠다고 말하는 대담한 용기이다. 반면 수치심은 이런 대담한 리더십을 가로막는 방해물이다. 수치심은 목표를 해낼 능력이 부족하며 그것을 들킬까 봐 전전긍긍하는 고통스러운 감정이다.

취약성을 드러내는 리더의 솔직하고 인간적인 모습은 팀원들의 공감과 지지를 받을 수 있다. 이때 리더와 팀원들, 둘 사이에 '연결'의 순간이 생긴다. 반면 수치심은 자신의 두려운 감정을 숨기고 갑옷을 더욱 견고하게 함으로써 타인과 '단절'을 부르게 된다. 한쪽은 '연결', 다른 쪽은 '단절'이다.

취약성이 만병통치약은 아니다. 여기저기 만나는 사람마다 취약성을 드러내는 것은 자칫 자포자기, 두려움, 불안의 표현으로 비칠 수 있다. 따라서 리더는 취약성을 드러내어 도움이 되는 상황과 상대를 잘 구별해야 한다. 즉 상황적 리더십과 대인 민감성을 발휘해야 한다.

지금은 얼굴도 가물가물한 한 상사가 떠오른다. 사람 참 좋다는 소리를 들었지만, 항상 팀원들을 붙들고 우는소리를 했다. 상황이 어려운데 윗사람들이 몰라주고 팀원들도 나 몰라라 해서 혼자 힘들게 끌고 나간다며 우는 소리를 달고 다녔다. 한참 아래였던 나는 그분 말에 귀 기울이다 나중에는 반발심이 일었다. '쳇, 그럴 거면 그 자리에 왜 있나? 능력 없으면 내려와야지.' 주변 사람들은 징징거리는 그에게 이미 무감각해지고 귀를 닫았다. 이건 취약함을 드러내기보다 나약함을 광고하는 행동이다. 목표 달성을 위해서는 차라리 갑옷이 낫다.

나는 어땠을까? 당면한 곤경을 인정하고 불안감과 부족함을 솔직히 말하면서도 당황함이 아닌 차분함을 유지했나? 팀원들에게 대화와 해결책을 내게 하는 안전한 분위기를 주도했던가? 그보다는 나의 무력함을 팀원들의 나태함으로 돌리고 채찍질을 휘두르지는 않았는가? 그리곤 돌아서서 나의 부족함을 들킬까 봐 전전긍긍하며 갑옷 안에 고립되어 있지는 않았을까?

지난봄 이후 연락이 없는 후배 지점장이 염려되고 궁금하다. 이러저러한 조언을 잘 소화해서 조직을 지혜롭게 이끌어야 할 텐데. 아니면 더욱 두꺼워진 갑옷의 무게에 휘청거리며 오늘도 지점장실에서 홀로 컴퓨터 속 실적을 파고 있을까? 수십 년 전 나처럼 말이다.

지금 당신은 혼자라는 느낌인가? 나약해 보이는 게 싫어서 겹겹

이 갑옷을 두르며 웅크리고 있는가?

그렇다면 리더의 용기를 내어 보자. 갑옷을 벗고 취약함을 드러내자. 그 모습에 직원들은 비로소 다가올 것이다.

chapter 5

조직에서
여자로 산다는 것

1.
똑순이는 있어도
똑돌이는 없다?

〈장면 1〉

김 팀장 책상엔 가족사진이 놓여있다. 근사한 배경에 부인과 아이들이 있다. 지나가며 한마디씩 한다.

"미인이시네요. 아이들도 어쩜!"

속으로도 생각한다. '아! 저 남자, 가정적이기까지 하네.'

차 팀장의 책상에도 가족사진이 올려져 있다. 남편과 아이들 사진이다. 지나가며 무의식적으로 생각한다. '몸은 직장에, 마음은 집에 있는 거 아니야?' 같은 상황에서 차 팀장은 의문의 일 패를 당한다. 누구는 능력에 인성까지 갖춘 사람이 되고, 누구는 몰입도와 성실성을 의심받는다.

〈장면 2〉

연말이다. 평가로, 면담으로 어수선하다. 무엇보다 초미의 관심은 승진, 승격이다. 은근히 기대했던 김 팀장은 탈락 발표에 굳은 얼굴로 자리를 뜬다. '저 친구 실망이 많을 텐데. 옥상에서 한 대 피우고 있겠지?'

그간 연속 탈락의 아픔이 있던 차 팀장 이름이 이번에도 없다. 명단을 확인하는 순간 그녀는 자리를 박차고 뛰쳐나간다. 그런 그녀를 보며 생각한다. '화장실에서 울고 있겠지. 이번 승진에 남자들도 많이 밀렸던데.'

〈장면 3〉

퇴근 후 약속 장소에 도착했는데 낯익은 얼굴이 있다. 옆자리 김 팀장이다. '어! 박 본부장과? 박 본부장이 김 팀장을 총애한다는 소문이던데… 역시 잘 나가네. 부럽다!' 질투심이 스멀스멀 올라온다.

맛집이라 찾아간 고급스러운 레스토랑. 문을 열자, 차 팀장이 앉아 있다. 그리고 건너편에는 이번에도 박 본부장이다. '뭔 일이지? 둘이 혹시…' 비슷한 상황에서 누구는 부러운 능력자가 되고, 누구는 엉뚱한, 큰일 날! 오해를 받는다.

〈장면 4〉

탕비실에서 휴대전화를 입으로 막고 통화하는 김 팀장을 보았다. '무슨 일이지? 좋은데 면접이라도 보나? 하긴 실력이 있으니

찾는 곳도 많겠지. 부럽다!'

같은 상황이다. 차 팀장이 통화하고 있다. '아이가 또 아프나? 워킹맘들은 이리저리 쉽지 않아, 쯧쯧…' 김 팀장과 차 팀장의 통화 내용은 알 수 없다. 그런데 김 팀장은 능력자로 인정받고, 차 팀장은 원치 않는 동정을 받는다.

조직 내 이곳저곳 광경을 떠올려 보았다. 이런 생각들은 밖으로 드러나지 않고 우리 마음속을 스치고 지나간다. 그저 우리 무의식 속에 있는 생각이다.

성별에 따른 무의식적 표현들

여성과 남성의 행동을 해석하는 어이없는 기준은 언어 곳곳에도 녹아 있다. 일을 깔끔하게 처리하는 여성을 '야무지다'라고 한다. 이 경우 남성에게는 '완벽하다'라고 한다. 완벽함이 야무짐보다 고급스러운 칭찬처럼 들리지 않는가?

포기 없이 목표를 해내고야 마는 여성을 '악착같다'라고 한다. 남성에게는 '추진력 있다'라고 표현한다. '악착같다'에는 다른 의미가 연상된다. 누군가를 붙들고 씨름하며 때론 충돌하면서 억척스럽게 해낼 것 같은 뉘앙스다. 남성의 추진력은 능력 자체로, 여성의 악착스러움은 비호감의 과정을 떠올리게 한다.

말수가 적은 여성을 '부끄러움을 많이 탄다'라고 하고, 남성은 '과묵하다', '진중하다'라고 한다. 한쪽은 가볍고 쉬이 깨질 것 같아 대화가 조심스럽다면 다른 쪽은 믿음직하고 신뢰감을 준다. 말

수가 적다는 공통점이 이렇게 다른 해석을 불러일으키다니.

일도 잘하고 주변 상황을 빨리 읽고 대처를 잘하는 여성을 '똑! 소리 난다'라고 칭찬하며 '똑순이'라는 애칭을 붙여준다. 남성은? '똑돌이'라는 말을 들어 보았는가? 그는 그냥 능력자로 불린다. 똑순이는 왠지 애정이 묻어 있다고? 됐다고 해라.

옷차림에 신경 안 쓰는 여성은 사무실에서 눈총을 받는다. 몸무게라도 과다하면 루저로 전락한다. 반면 남성은? 털털하다, 멋 부리기보다는 업무 집중형이라고 이야기한다. 헐! 걸치는 옷 때문에 누구는 능력까지 거론된다.

우리는 같은 현상에 대해 남녀에 따른 상반된, 근거 없는 습관적인 평가를 한다. 그런 편견은 일반화되어 있어 여성인 우리조차 의식하지 못한다.

신입사원 시절이었다. 담당 차장님이 허둥지둥 인사부로 뛰어다니셨다. 대졸 공채로 들어온 나를 임원 비서로 발령 낸다나? 아니 내가 왜? 담당 차장님은 인사부와 비서실로 찾아가서 내 이동을 막으려 했다. 비서로서 성격과 외모가 적절치 않다며 어필했단다. 뭔가 기분 나쁘고 억울했지만, 여하튼 비서 발령은 피했다.

일도 안 가리고 주변도 잘 챙기는 것이 눈에 띄었다는데 그런 내가 남자였다면? 아마 재무나 기획부로 차출되었을 것이다. 그러면 나의 직장생활은 크게 달라졌을 거다. 당시 여성에게 핵심부서는 접근 불가였다. 그건 그렇고 비서 발령을 그렇게 쉽게 취소하다니! 외모와 성격? 이건 나를 두 번 죽이는 거였다.

나는 뼛속까지 만연한 성차별 속에 묻혀 살았다. 사실 큰 불편함을 느끼지 못한 채 지내왔다. 숨 쉬듯 의식조차 못 한 채 말이다. 이제 와 생각하니 참 어이없다.

후배들 세상은 좀 나아졌을까? 그렇다고 믿고 싶다. 성별 차이를 설명하는 유전자, 뇌 구조와 작동 방식, 사회적 기대와 학습 효과 등등 거대담론을 이야기하고 싶진 않다. 이것은 현상을 설명하는 근거가 될 수는 있어도 현재를 바꾸기엔 부족하다. 그럼 나의 후배들은 본인이 알지도 못하는 사이 벌어지는 의문의 일 패를 어떻게 대응해야 할까? 아직까지 뾰족한 방법은 없다.

이제는 질문을 던질 때!

시대가 바뀌면서 남녀의 역할도 변했다. 의식의 변화도 있었다. 오래전 디폴트 값으로 자동 설정된 성에 대한 인식, 역할, 한계에 대해 차근차근 질문을 던질 때가 되었다. 그 값은 누가 정했는가? 그것은 진실인가? 아직도 유효한 개념인가? 미래 시대에 그와 같은 개념은 무엇에 도움이 되는가? 디폴트 값은 불변이 아니다. 오류를 발견하거나 상황이 바뀌면 조정할 수 있다. 과거의 디폴트 값은 불확실성, 확장, 창의, 연결, 통합과 같은 새로운 시대의 키워드와 어울리지 않는다. 여성을 특정 프레임에 가두는 것은 개인만의 문제가 아니라 사회적으로도 큰 손실이다.

워킹우먼들에게 선입관, 차별에 칼 들고 맞서지 말자고 말하고 싶다. 불합리와 부당함을 단번에 부수어 없애지 못한다. 정면 승부하다 나만 상처를 입고 밀려난다. 불합리는 합리가 서서히 그리고 완전히 덮어버릴 때 힘을 잃고 소멸한다. 시간이 필요하다. 그렇다고 손 놓고 감 떨어지기를 기다리자는 것은 아니다.

우리 먼저 집단 무의식에서 깨어나자. 차이와 차별의 행위를 명료하게 알아차리며 나부터 집단 마비에서 빠져나오자. 무의식을 의식의 수준으로 끌어올리자. 내 가족부터 시작하자. 무한한 가능성을 가진 내 딸을 나는 어떻게 대하고 있는가? 사무실에서 여성 후배에게는? 나의 프레임을 하나하나 걷어내는 것부터 시작하자.

핀란드의 '핸'에서 배우자

지구에서 성차별이 거의 없는 나라가 있다. 세계에서 행복지수 1위로 거의 매년 꼽히는 핀란드. 핀란드어에는 she와 he 구분이 없다. 그냥 남녀 모두 hän이라 부른다. 남녀 구별을 위해서는 문맥을 알아야 한다. 이 한 단어 '핸'이 현재의 핀란드를 설명한다.

1906년부터 유럽 최초로 여성 참정권을 인정한 나라, 85년생 여성 총리가 이끄는 나라, 국회의원의 46%가 여성이고 내각의 60%가 여성인 나라. 집권 연합을 구성하는 5개 정당 대표가 모두 여성인 나라. 2년 전 데이터지만 핀란드 내에서는 뉴스거리도 아니다. 성 중립적 인칭대명사 '핸'을 1543년부터 문자로 표기하기 시작한 나라. 핀란드 정부는 "누군가를 성별과 무관하게 부를 수 있는 대명사를 사용하는 것은 차별을 없애기 위한 좋은 출발점"이라고 말한다.

우리는 무엇을 출발점으로 삼을까? 소소하게 시작하자.

평소 말이 없는 여성 후배에게 남성 전용이었던 '과묵하다'라고 표현해 주자. 업무 완성도가 높은 여성 팀장에게는 '악착같다' 대신 '추진력 있다'라고 칭찬해 주자. 사소한 표현부터 성 의미를 세탁하고 중립화하자. 변화를 위한 균열은 작은 것으로부터 시작된다.

이제부터 일 잘하는 김 군을 '똑돌이'라 불러주자.

"와! 이 친구, 똑돌이네!"

2.
잘 나가는 여성이들여,
Why not?

"퇴직하고 남편과 둘이 집에 있으려니 숨이 막혀요. 남편의 일상을 보니 답답하고요. 의욕도 없고 뭘 하려고 하지도 않고요. 아직 일할 나이인데….”

최고경영자 모임에서 알게 된 대기업 김 전무를 만났다. 엊그제 퇴직했단다. 평소 깔끔하고 허술함을 보이지 않는 친구다. 퇴직 때문일까? 그간 버티고 있던 마음의 벽이 느슨해졌는지 처음으로 남편 이야기를 꺼냈다. 남편은 50대 초반에 퇴직한 후 근 10년이 넘게 집에 있단다. 그녀는 회사 다니느라 바빴고 집안 경제도 자기 몫으로 생각해서 그동안 백수 남편이 별로 신경 쓰이지 않았다. 그런데 퇴직 후 집안에 둘만 있다 보니 남편의 일거수일투족이 점점 거슬리기 시작했다. 흔히 보는 퇴직한 가장의 집안 풍경이다. 남녀가 바뀌었을 뿐이다.

앞치마를 두른 남편, Why not?

"그럼, 부군은 낮 시간을 어떻게 보내나요?"

답답한 마음을 쏟아내던 김 전무는 훅 들어온 내 질문에 잠시 멈칫했다.

"남편요? 살림해요. 장보고 청소, 빨래하고, 아이들과 내 식사를 챙겨요. 끼니라도 거르려 하면 잔소리가 심하지요."

한때 대기업 다녔다는 남편분이, 더군다나 경상도 남자분이?

"와! 대단한 분이시군요. 제가 본 남편들 중 제일 대단하세요."

김 전무는 잠시 머쓱하면서도 고개를 끄덕였다.

"그렇지요. 남편은 최선을 다해 가족을 돌봐요."

"그런 남편에게 뭐라고 말해주고 싶어요?"

"고맙죠. 하지만 남자라면 뭔가 해야죠. 이제 환갑이 훌쩍 넘었는데 더는 인생을 허비하고 있으면 곤란하죠."

헐! 이 친구, 남편을 자기처럼 살라고 쪼고 있네! 가정을 돌본 남편의 인생은 허비된 인생인가? 그렇다면 전업주부의 삶도 허비된 삶이란 말인가?

가족 돌봄을 하는 남편, Why not?

또 다른 지인 중에 국내 대기업 계열사 대표가 있다. 회사 경영으로 머리가 아프면 내게 달려온다. 조직 관련 이런저런 이슈를,

머리를 맞대고 해결책을 찾곤 했다.

얼마 전, 평소처럼 회사 문제를 이야기하던 그녀는 하던 말을 멈추며 한숨을 쉬었다.

"오늘은 껄끄러운 임원과의 관계에 대해 말하려 했는데… 그건 어떻게든 해결되겠지요. 사실 개인적으로 무거운 돌덩이가 맘속에 있어요. 남편과의 관계예요."

잘 나가는 여성들도 쉰을 넘으면 완벽의 가면을 벗기 시작한다. 수년간 배우자 이야기는 언급한 적이 없었는데, 엥? 또 배우자 문제?

앞서 이야기한 김 전무의 스토리와 닮아 있었다. 그녀 남편도 일찍 옷을 벗었다. 처음부터 놀겠다는 생각은 아니었으나 탐색만 하다 10년이 흘렀다. 지금은 조그만 자기 공간을 가지고 소일하면서 바쁜 부인 대신 아이들과 양가 부모님을 챙긴다. 그녀 역시 남편이 인생을 허비한다는 생각에 사로잡혀 있었다.

그러다 보니 남편도 부인 눈초리를 느끼며 방어적으로 되었고 점차 부부간 대화가 사라졌다. 이런 상태가 제법 오래되었고 그녀는 이제 결단을 내려야 할 때라고 생각했다.

"이렇게 계속 함께할 수는 없지 않겠어요?

이번에도 나는 툭 질문을 던졌다.

"여성 CEO 모임에 나가시죠? 다른 분들은 어떤 것 같아요?"

그녀는 찬찬히 생각해보다 대답했다.

"생각해보니 3가지 부류로 나뉘네요. 첫 번째는 처음부터 싱글인 분들, 두 번째는 갔다 오신 분들, 세 번째는 배우자와 같이 사는 분들. 그런데 세 번째도 남편분들이 일찍 손을 놓았거나 소위 한량들이네요. 어! 나만 그런 게 아니네요."

내가 몸담았던 회사의 여성 임원들의 상황도 비슷했다. 대부분 남편은 이른 시기에 물러났고 이후 경제활동을 하는 경우가 드물었다. 하더라도 취미 수준이다.

왜 그럴까? 배우자 한쪽이 성공 가도를 달리면 다른 쪽은 느슨해지는 게 당연한가? 경제력에 관한 책임도 가볍다 보니 회사생활에서 인내심도 약해지고 승진과 성공에 대한 절실함이 떨어지는 걸까?

전업주부 남편, Why not?

우리는 남편이 잘나갈 경우에 직업을 포기한 여성을 쉽게 수긍한다. 그럴 수도 있지, 당연하지. 저렇게 대단한 남편 뒷바라지가 필요하겠지. 그 반대일 때는 인식이 다르다. 부인 본인을 포함한 가족들은 이 상황을 쉽게 받아들이지 않는다. 남편이 다시 직업을 가지리라 기대하고 그렇지 않을 때는 점점 싸늘한 시선을 던진다. 남성이 전업주부의 역할을 하게 될 때 무직, 무능, 조롱으로 이어진다.

미국의 경우 2012년 자료를 보면 전업주부의 16%가 남성이었다. 10년이 넘은 지금쯤 20% 이상은 족히 되지 않았을까? 우리나라도 3, 40대에 앞치마를 두르고 주부를 선언하는 남성들이 늘어나고 있다. 그러나 남성 주부의 일상은 쉽지 않다. 주변의 차가운 시선을 견뎌야 하고 맘 공동체에서도 환영받지 못한다. 이러다 보니 자연히 주변 관계망이 위축되고 자존감도 떨어진다.

구조적 성차별은 없다? 그럼, 비구조적 차별은?

얼마 전 뉴스 기사를 읽다가 "더 이상의 구조적인 성차별은 없다"라는 누군가의 발언에 시선이 멈췄다. '구조적 차별'이라는 단어 때문이었다.

말한 이의 의도는 모르겠으나 이 발언은 내게 이렇게 읽혔다. '이제 구조적인, 노골적인 성차별은 없다지만 구조 이면에 자리 잡은 거대한 무의식적 차별의 깊은 뿌리는 여전하며 이것을 지금 방식으로 해결하기는 어렵다.'

여기에서 젠더라는 거대 담론에 대해 핏발을 세우고 싶진 않다. 다만 정책과 구조는 부차적일 뿐 핵심은 빙산 아래의 인식과 문화라는 것을 말하고 싶다. 여성 자신도 가지고 있는 고정관념이 있다. 우리부터 돌아보자. 여성인 내가 남편보다 직장에서 잘 나간다. 그리고 남편은 먼저 물러났다. 스스로 물어보자. 누군가는 해야 할 육아와 가사를 남편이 한다고 불편하고 부끄러운가? 수많은 성차별의 지뢰밭을 통과해 정상에 섰는데 정작 나 스스로는 고정적 성 역할을 고수하고 있지 않은가?

성 인식의 변화를 사회에, 남성에게 요구하기 이전에 여성부터 생각을 바꾸면 어떨까? 전업 남편을 인정하고 남성의 비전통적 역할을 자연스레 수용하자. 주변의 시선에 나부터 "Why not?"이라 말하자.

일과 가사의 짐을 혼자서만 지는 여성, Why?

아끼는 후배가 있다. 남편은 신혼 초부터 직장을 그만두고 집안일도 하지 않는다. 후배가 회사 일과 집안일을 혼자 다 한다. 주변은 그런 그녀의 억척과 희생을 칭찬하지만 내 후배만 죽어난다. 그녀처럼 똑똑한 여성이 왜 이런 상황을 오랫동안 받아들이고 살까? 그녀는 남편에게 전업주부 역할을 요청하지 않았다. 그녀 스스로 남성의 비전통적 역할을 수용하지 못한 거다. 이것이 과연 칭찬받을 일일까?

'줄탁동시'란 사자성어가 있다. 알에서 깨기 위해서는 알 속의 새끼와 밖에 있는 어미가 함께 껍데기를 쪼아야 한다. 패러다임을 바꾸는 큰 변화는 외부의 도움이 필요하다. 하지만 당사자들의 치열한 노력도 우선돼야 하지 않을까?

얼마 전 여고 동창이 무심코 한 말이 떠오른다. 전문직 여성이고 언제나 주변을 배려하는 착한 친구다. 그런데 이 친구, 사회 초년생 아들이 한 말에 화들짝 놀랐다고 한다.
"어머니, 저는 전업주부를 해도 괜찮을 것 같아요."

딸 가진 나로서는 대환영이다. 깜짝 놀라는 친구에게 말한다. "Why not?"

딸들아! 그렇다고 모두가 여전사가 되어 남편을 집으로 불러들이라는 것은 아니다. 부부는 둘 다 함께 성장해야 한다. 의미를 찾고 성장하는 데 성 차이는 없다. 한 사람이 밖에서 힘껏 뛸 때 나머지 한 사람은 그를 지원해 주고, 그리고 다음번에는 역할을 바꾸자. 길어진 수명에 우리는 한 번뿐 아니라 두 번 이상의 다른 삶을 살아야 한다. 서로가 번갈아 가며 양보하고 배려하기 충분한 시간이다.

잘 나가는 여성들이 먼저 바뀌면 딸들의 세상이 좀 더 나아지지 않을까? 최근 남성 전업주부가 20만 명이 넘었다는 기사에 힘이 난다.

3.
지난 30년간
여성,
무엇이 달라졌나?

"결혼이요? 지금으로서는 생각하지 않고 있어요."

"아기요? 글쎄요. 언젠가는 가질 수 있지만, 지금은 사절입니다. 내 몸 하나 건사하기 힘든데 회사 다니며 아이 키우는 것은 생각만 해도 벅차네요. 차일드 패널티(child penalty)라는 말이 있잖아요? 내 인생에 패널티를 가지며 살고 싶진 않아요."

결혼 적령기 개념이 사라졌다. 아니, 결혼하느냐 마느냐도 선택 사항이 되었다. 노키즈족도 자연스럽다. 출산 휴직기간도 대폭 늘어났다. 한마디로 여성의 선택 범위가 넓어졌다. 정말 반가운 일이다. 결혼 후 시댁 관계도 편해졌다. 명절에 각자의 부모님 댁으로 따로 출발한다는 젊은 부부의 이야기도 들었다. 세상은 확실히 변했다.

조직에서 여성 리더 진출도 눈에 띈다. 금녀의 영역이 빠르게 사라지고 있다. 몇 해 전 상장기업의 여성 임원 비율이 5%를 넘어섰다는 헤드라인 기사를 보았다. 참 웃기는 일이다. 50%도 아니고 겨우 5% 수준을 축하해야 한다니! 이건 아직 갈 길이 멀다.

여성의 사회 진출은 늘었는데,
가정 돌봄은 여성이 3배?

세상은 천지개벽 중인데 아쉽게도 각종 통계는 다른 목소리를 내고 있다. 2020년 4월에 발표된 통계청 자료를 보자. 15세에서 54세까지 기혼 여성들의 경력 단절 이유 중 단연 압도적인 것은 육아(42.5%)다. 나머지는 결혼이 27.5%, 임신 출산이 21.3%, 자녀 교육이 4.1%, 가족 돌봄이 4.6%다. 세상에! 회사를 떠난 이유가 100% 결혼과 출산, 자녀와 관련된 것이다. 이러니 차일드 패널티라는 서글픈 말이 나오지.

내가 경력을 이어 갈 수 있었던 가장 큰 이유는 조직에서 성공해 보겠다는 대단한 의지만은 아니었다. 먹고사는 문제가 절실했고, 출산 휴가가 짧은 만큼 고민의 시간도 짧았다. 회사로 복귀하느냐 마느냐를 생각할 겨를이 없었다. 지금은 자녀 둘을 출산하면 내리 4년 이상을 휴직할 수 있다. 그러다 보니 의사 표현이 또렷해지며 엄마 치맛자락을 붙들고 늘어지는 아이를 보면 내적 갈등이 커진다. 긴 공백 이후 회사생활 또한 자신감이 없어진다. 고민의 시간이 길어질수록 회사와의 거리는 점점 멀어지게 된다. 복지 수준은 높아졌으나 복귀 의지는 낮아졌다. 아이러니다.

워킹맘만 죽어난다

또 다른 통계인 2022년 4월, 여성가족부가 발표한 〈2021년 양성평등 실태조사〉를 보자. 가족의 생계는 주로 남성이 책임져야 한다는 '인식'이 2016년 42.1%에서 2021년에는 29.9%로 크게 낮아졌다. 직장생활을 하더라도 자녀에 관한 주된 책임은 여성에게 있다는 인식은 53.8%에서 17.4%로 더 큰 변화를 보였다.

그러나 '실생활'에서는 맞벌이 여성의 65.5%가 전적으로 또는 주로 가사와 돌봄을 한다. 12세 이하 아동이 있는 경우, 평일 가정 돌봄 시간이 남성은 1.2시간, 여성은 3.7시간이다. 여성이 남성의 3배이다. 또한 2016년 대비 여성의 일, 가사 시간은 큰 변화가 없는 반면 여가 시간은 줄었다. 줄어든 여가 시간은 무엇으로 대체되었을까? 가족 돌봄이었다.

이 실태조사는 무엇을 뜻하는가? 가사와 돌봄을 실제로는 워킹맘들이 거의 하는데, 생계에 대한 책임감은 많이 늘어났다는 뜻이다. 나의 후배들만 죽어나고 있다는 말인가?

후배들의 삶이 더욱 고달파졌다는 생각에 가슴이 답답해진다. 그러니 결혼과 출산을 고민하거나 포기하게 되지! 현실은 인식변화를 따라가지 못하고 있다.

행동 변화의 주체는 여성이 되어야 빠르다

성 인식과 실상에 대한 오랜 고정관념과 문화를 단번에 바꿀 수는 없다. 그러나 변화를 촉진할 방법은 무엇이고 그 변화의 주체는 누가 되어야 할까? 여성 스스로 주체가 되어야 하지 않을까? 여성 스스로 인식을 바꾸고 남편에게 역할 변화를 요구하자. 그의 가사 분담과 자녀 돌봄의 책임을 당연하게 여기고 요청하자. 딸에게는 남녀에 따른 태도와 역할을 구분하지 말자. 아들 가진 엄마는 어릴 때부터 앞치마를 두르게 하자. 직장에서 여성에 대한 표현과 선입관을 버리자. 나부터 변하자.

몇 해 전 발표한 버진 애틀랜틱 항공의 '성 중립 정책'이 눈에 띄었다. 조종사를 포함한 모든 승무원이 치마와 바지 중 자신이 원하는 유니폼을 선택할 수 있게 했다. 남자도 원하면 치마를 입게 되었다. 여성 승무원의 화장과 치마 복장 의무도 폐지했다. 성 정체성의 자유로운 선택에 초점을 맞춘 정책이지만, 성 구분을 내려놓겠다는 기업 의지가 공표된 점에서 반가울 수밖에 없다. 이런 시도가 기업, 사회, 국가 차원에서도 광범위하게 확장되기를 바랄 뿐이다. "개인의 개성을 축복한다!"라는 그들의 브랜드를 다시 한번 눈여겨본다. 다음번 해외 나들이에서 버진 애틀랜틱 항공을 이용하면 치마 입은 남성 승무원을 볼 수 있을까?

chapter 6

워킹을 졸업하다,
내 삶은 리모델링 중

1.
오십!
방향 전환을 시작할 때

　34년의 직장생활을 끝내고 집으로 귀환한 때, 내 나이 57세였다. 이제는 당연하게 받아들이는 100세 시대. 100세 인생을 하루 24시간에 대입하여 인생 시계를 만들어 보자. 새벽 3시에 12살이 되고, 아침 6시가 되면 25살이다. 우리가 활동을 시작하는 아침 7시는 경제적 자립을 하는 30세 즈음이다. 실제 생애와 꽤 맞아 보인다. 오전 9시는 한창 일할 나이인 37세쯤 된다. 그리고 점심시간인 낮 12시는 50세가 된다. 내가 막 회사 문을 나선 것은 낮 2시가 조금 안 되는 때였다. 정확히는 오후 1시 43분 2초였다.

내 인생 시계는 오후 1시 43분 2초

　그 시간이 하루 중 가장 밝고 기온도 높을 때다. 과일과 곡식은 결실을 위해 세포 하나하나를 활짝 열고 해와 땅의 기운을 격렬하게 받아들이는 시간이다. 그런데 낮 2시경에 퇴직한 우리는? 현실은 전혀 다른 상황이다. 인생 시계가 가리키는 것처럼 우리도 절정의 순간인가? 힘차게 다시 길을 가는 사람이 있는가 하면 한낮의 태양 아래 우두커니 서 있는 사람도 있다. 어떤 사람들이 많은가?

칼 융 선생님의 이야기를 들어보자.

"사람은 오전 인생의 프로그램으로 오후 인생을 살 수 없다. 아침에 위대하던 것이 저녁에는 시시한 것이 되고, 아침에 진짜였던 것이 저녁에는 가짜로 바뀌기 때문이다."

50세까지의 프레임으로 50 이후를 살 수는 없다. 그러니 숨 가쁜 오전 시간을 마치고 오전과 오후가 교차하는 낮 12시에 우리는 방향 전환을 해야 한다. 방향 전환!

평소 존경하는 지인이 퇴직 즈음, 책 한 권을 보내주셨다. 전반부 인생과 후반부 인생에 대한 리처드 로어의 『위쪽으로 떨어지다』였다. 그는 전반부 인생의 임무는 자기 인생을 위해 튼튼한 컨테이너를 만드는 것이고, 후반부 임무는 이 컨테이너에 내용물을 채우는 것이라 말한다.

"전반부 인생에서 튼튼한 컨테이너를 만드는 일이란 무엇인가? 우리가 살기 위한 것들 즉, 정체성, 가정, 친구, 공동체, 직장, 생활의 안정 등이다. 거기에는 자연스레 성공, 명예, 부의 축적 등이 포함된다. 그런데 우리는 이 전반부 임무에 너무 많은 피와 땀, 눈물과 시간을 쏟아내고 지쳐 떨어진다. 후반부 과제를 생각할 겨를 없이 전반부는 끝나 버린다."

50 즈음에 방향 전환 없이 끝나버린 전반부. 낮 2시 즈음에 우리가 멍하게 서 있는 이유이다.

로어에 따르면 우리는 강한 에고를 가지고 전반부 인생을 치열하게 살아야 한다. 그렇지 않으면 실패한, 미진한 전반부 인생으로 돌아가 그것을 다시 시도하려 애쓴다. 결국, 후반부 인생을 출발도 못 하게 된다. 혹은 전반부 인생을 꽤 성공한 사람들은 그 결실을 따 먹으며 후반부 인생에 과제가 있음을 잊어버린다.

인생 시계가 멈춰버린 선배들

내 주위 퇴직한 선배들도 주로 두 부류다. 한 부류는 전반부에서 실력을 충분히 발휘하지 못했고 인정받지 못했음을 원망하며 다시 기회를 잡으려 벼른다. 또 다른 부류는 꽤 만족한 지위에서 퇴직한 다음 후배들을 앉혀 놓고 성공 스토리를 무한 반복한다.

"그 시스템을 내가 만들었지. 그것도 내가 부장 때 기획한 거야. 참 내가 일은 무식하게 많이 했지!"

두 부류 모두 과거에 갇혀 있지만 나는 후자가 더욱 싫다.

"내가 말이야~, '라떼'는 말이야~"

선배 대우 차원에서 가끔 식사 한번 모시게 되면 고역이다. 한 번만 더 들으면 10번째다. 이런 선배들은 데이비드 브룩스가 『두 번째 산』에서 말하는 '에고에 가득 찬 어른 젖먹이'일 가능성이 크다.

"이들은 이원론적 사고로 분노를 표출하고 배척하고 부정한다.

남이 틀렸다고 맞받아치며 세상의 소란에 숟가락을 더한다. 인생 시계가 멈춰 버린 그들. 오후 시간으로 인생 모드를 전환하지 못한 그들."

나는 언젠가부터 이런 선배들과 만남을 슬슬 피하기 시작했다.

데이비드의 말을 빌리자면 이원론적 사고는 전반부 인생을 살아 나갈 때 꽤 쓸모가 있다. 그러나 후반부 인생은 고요, 침묵, 배려, 연민, 회복, 치유, 연결, 통합, 그리고 그 너머를 보는 것이란다. 그리고 세상의 소음 아래 더 깊은 음성에 귀 기울이는 것. 그러니 선배님들께 고한다. 이제는 오전 프로그램을 내려놓으시라고.

당신의 인생 시계는 몇 시를 가리키고 있는가?

당신이 아직 오전을 살고 있다면 전반부 인생을 후회 없이 치열하게 살아내자. 낮 12시, 나이 50이 다가오는 후배들은 이제 오후를 위한 인생 모드로 전환할 준비를 하자. 회사는 50살 넘은 시니어들이 딴생각한다고, 열심히 일 안 한다고 의심하지 말자. 이들은 지금 회사의 문제를 넘어 이웃, 지역사회, 환경, 지구를 생각하고 있을지 모른다. 회사의 목표보다 이들의 딴짓과 고민이 사회의 더 큰 이슈를 해결할 수 있다. 50은 방향 전환과 내 삶의 원둘레를 넓히는 시간이다.

나는 12시를 조금 넘긴 시점에서 내 후반부 인생의 의무를 어렴풋이 깨달았다. 그것은 '내가 뒤늦게 알게 된 것들을 후배들에게 전해주기'다. 칼 융 선생님께서 말씀하셨다.

"걸려 넘어진 곳에서 황금을 발견하였다."

지금 당신의 인생 시계는 몇 시를 가리키고 있는가?

2.
조직생활이 남긴
'관계'부터 리모델링

"휴대전화 연락처가 2천 명이 넘었네. 나보다 많은 사람?"

회사에 있을 때 왕 오지랖인 동료가 자랑삼아 물었다. 한두 번 만난 사람도 절친이 되고 그와의 관계를 아무도 궁금해하지 않는데 거품 물며 설명한다. 어우! 이 친구 또 시작이네. 이번엔 무슨 자랑을 하려고? 그러다 갑자기 휴대전화 연락처 경쟁이 시작되었다. 글쎄. 나는 몇 명이더라? 천 명이었다. 천 명! 생각보다 많은 숫자에 놀랐다. 물론 지난 몇 년간 연락이 없었던 사람들이 대다수였다.

나이가 들어가며 나는 매번 명절마다 연락처를 정리하기 시작했다. 그러다 보니 난처한 순간도 여러 번 있다. 전화 건 상대는 내가 자신을 알고 있다고 확신하며 본론부터 말하는데 나는 도대체 그가 누구인지 모르겠다. 그럴 땐 아는 척하면서 시간을 끈다.

듣다 보면 목소리가 기억나기도 하고 대화 내용 속에서 그를 짐작할 수도 있다. 끝까지 모르는 사람도 여럿 있었다. 그럴 때는 미안함을 무릅쓰고 솔직히 물어본다.

"저… 누구세요?"

상대의 황당함과 서운함이 느껴진다. 몇 년 만에 느닷없이 훅 들어온 당신도 실례지. 최소한 문자 노크를 하고 끝에 이름을 꼭 넣었어야지. 휴대전화 연락처 메뉴에도 삭제뿐 아니라 휴지통 복원 기능이 있을까? 필요하면 언제든 다시 꺼낼 수 있게 말이다.

아파트만 리모델링? 관계도 리모델링하자

직장생활을 마치기 몇 달 전, 나는 '퇴직 전 준비할 것' 리스트를 만들었다. 그중 하나가 연락처 정리였다. 물론 수천 명의 번호가 있어도 괜찮다. 그러나 무언가를 마치고 새로운 길로 나아갈 때는 관계의 리모델링도 필요하지 않을까? 아파트만 리모델링이 필요한 것은 아니다. 수십 년 동안 거미줄처럼 얽히고 엮여왔던 관계를 이제는 회사의 필요가 아닌 내 기준으로 리모델링해야 할 시점이 아닐까? 그래서 후반부 인생에서 관계 맺기의 기준을 생각해 보았다.

첫째, 동료든 거래처든 계속 함께하고 싶은 사람은 누구인가? 대화에 거슬림이 없고 나와 비슷한 가치관을 가진 사람인가? 혹은 가치관이 다르고 사는 모습도 다르지만, 그런 그가 왠지 흥미롭고 호기심이 가는가?

둘째, 개인이 아니라 모임이라면 곰곰 생각해 보자.

모임 날짜가 가까워지면서 내 머릿속은 이런저런 불참의 핑곗거리를 찾고 있지는 않았는가? 마지막 순간까지 고민하다 참석했을 때 나도 모르게 시계를 쳐다보며 하품을 삼키지는 않았는가? 반대로 주저 없이 총총거리며 달려갔고 막히는 도로에서 늦을까 초조했으며 어느덧 가버린 시간에 '아니, 벌써?'를 외쳤는가?

셋째, 혹시 이 사람이 나의 도움이 필요한 사람인가? 이런저런 고민이 있어 필요할 때 나를 찾는 사람일까? 주로 후배들이다. 또는 모든 게 달라도 너무 다르지만 서로 마르지 않는 애정을 가지고 있어 어려울 때 한걸음에 달려갈 수 있는 사람인가? 주로 어릴 적 친구들이다.

이런 기준으로 정리하다 보니 그저 50여 명의 사람과 대여섯 개 모임이 남았다. 나이 들어가며 앞으로 마주하게 될 기쁨과 상실의 순간에 함께할 사람들이다. 물론 50명 빼고 연락처를 모두 지웠다는 말은 아니다.

정리를 하다 보니 아쉬움도 많다. 돌아보니 나는 좋은 사람들을 많이 만났지만, 눈앞의 목적에만 급급했고 관계를 유지하지 못했다. 지금 뜬금없이 연락하기가 쑥스럽다. 상대야말로 "누구세요?"

라고 할 것 같아 망설이다 번호를 지운다.

아직 현직에서 숨 가쁘게 살아가는 후배들에게 말하고 싶다. 누군가를 만날 때 '목적' 뒤의 '그 사람'을 보라고 말이다. 목적은 때가 되면 사라지지만, 사람은 남는다. 그런 후배라면 나의 50명보다 더욱 풍성하게 후반부 인생을 함께할 수 있는 사람들에 둘러싸일 것이다.

애덤 스미스의 책 『Give & Take』에 따르면 진정한 giver들은 주변에 셀 수 없이 많은 사람에 둘러싸여 있다. giver는 자신의 네트워크를 총동원해 필요한 사람들을 조건 없이, 대가 없이 연결해준다. 그의 도움을 받은 사람들 역시 타인을 도울 giver가 된다. 나도 한때 giver가 되고자 열심히 사람들을 연결해 주기도 했다. 그러다 지쳤다. 나는 받기만 하는 taker는 아니지만, 주는 만큼 받기를 원하는 macher에 가까운가 보다. 그래도 상관없다. 이제는 편안한 사람들, 함께 하면 즐겁고 배움이 있는 그런 사람들과 같이 가련다. 그러기에도 인생은 짧다.

얼마 전 서점에 가서 신간을 쭉 둘러보다 한 책의 부제에 눈이 꽂혔다.
"주말만 기다렸는데 막상 주말이 되자 뭘 해야 할지 몰랐다."
순간 내게 그 글은 이렇게 읽혔다.
"퇴직만 기다렸는데 막상 퇴직하자 뭘 해야 할지 몰랐다."
그럼 관계 리모델링부터 하자.

퇴직 후 새로운 관계망을 만들자

"퇴직하면 어차피 만나는 사람이 점점 줄어들어. 그러니 불러줄 때 악착같이 참석하라고. 그래도 시간 지나면 만날 사람이 거의 없어져."

이런 충고를 하는 선배가 많다. 이 무슨 없어 보이는 생각인가? 퇴직 후 마지못해 나갔던 모임에서 이런 분들을 만났다. 술 한 잔과 함께 옛날의 추억을 안주 삼아 과거사를 끝없이 늘어놓는다. 이 분들에게 필요한 것은 빈약해진 관계망을 새로운 것으로 채워 넣는 것 아닐까?

그래서 관계 리모델링을 하고 나면 다음 단계는 새로운 만남을 시작하는 것이다. 신경가소성의 원칙이 여기에도 적용된다. 약해진 관계 시냅스는 저절로 소멸하고 이 자리에 새로운 관계 시냅스가 만들어지고 강화된다. 뇌의 지도를 바꾸듯이 관계의 지도도 새로 그려보자. 새로운 만남 없이 과거의 관계만 끊으면 노년의 삶은 공허해진다.

퇴직하니 회사에서는 만나지 못했던 새로운 사람들이 보인다. 내가 가고 싶은 영역에 먼저 들어가 있는 사람들이다. 오늘도 나는 그들을 만나며 감탄한다. 무언가를 포기하고 가치와 소명에 이끌려 사는 사람들, 포기할 무엇마저도 가져본 적 없는 사람들, 트라우마가 있는 이들의 회복을 돕는 '삶의 예술학교' 헌신자들, 고민을 털어놓을 곳도 상담받을 돈도 없는 이들을 위해 시간을 내는 프로보노 코치들, 아프리카 오지에서 수십 년간 의료봉사를 하는 후배, 명퇴금을 쏟아 넣어 남아공 빈민가에 사설학교를 세운 후배 부부 등등. 회사생활에서 만나지 못했던 그들을 보며 진한 감동을 한다. 인생 후반부는 이런 사람들과 함께하련다. 나 자신이 깊어지고 넓어지는 관계들이다.

'머물던 곳에서 떠나야, 가진 것을 버려야 비로소 새로운 것을 만난다'는 어느 책 구절이 와 닿는다. 머물던 조직을 떠나니 비로소 새로운 만남이, 새로운 길이 보인다.

지금 당신의 휴대전화에는 몇 명의 전화번호가 있는가?
이 중 퇴직 후에도 함께하고 싶은 사람은 누구인가?

3.
1순위는
부부관계 리모델링

오랜 회사생활을 마치고 집으로 귀환했다. 먼저 제대한 남편은 이제는 같이 놀 수 있다며 기대에 찬 눈치였다. 그동안 남편과 함께 있는 시간은 길어야 하루 두세 시간 정도였다. 그러다 갑자기 24시간 붙어 있게 되었다.

퇴직 후 시작된 팬데믹으로 고대했던 여행은 불가능했다. 반짝 찾아온 두 번째 허니문에 비상이 걸렸다. 한 달, 두 달, 석 달이 지나면서 편안함은 긴장감으로 바뀌어 갔다. 그간 얼핏 봤던 서로의 모습이 코앞에서 보였다. '아니, 이제 퇴직해 쉬려 하는데 끼니는 왜 나만 준비하나? 해가 중천에 떠야 일어나네. 너무 게으른 것 아니야? 나보다 먼저 퇴직해서 온종일 빈둥거리고 있던 거야?'

남편 또한 마찬가지다. '저 여자는 잠도 없나? 출근도 안 하는데 뭐 그리 일찍 일어나 부스럭거리나? 잠도 못 자게. 식사는 단골 도시락집 가서 해결하면 되는데 뭐 한다고 부산 떨고 있지? 괜히 눈치 보이게. 세상에서 제일 맛있는 밥은 남이 해주는 밥인데.'

남편의 퇴직은 아내의 일상에 쓰나미다

남자의 퇴직도 다르지 않다. 열심히 일하고 퇴직한 남편을 맞은 아내. 함께 브런치도 먹고 드라이브도 하고 국내외 여행도 했다. '이게 사는 거구나.' 남편은 퇴직으로 허전한 마음에 큰 위로를 받는다.

석 달이 지나자, 아내가 어렵게 입을 뗀다.

"여보. 석 달이나 지났는데 이제 그만해도 될까? 언제까지 해야 해?"

쩝! 간만의 행복감은 남편의 일방적 착각이었다. 왠지 모를 서러움이 몰려온다. 아내의 생활에 나는 방해꾼이었구나! 더 큰 외로움이 몰려온다. 나 빼고 낄낄거리는 가족을 보면 서러움이 왈칵 밀려온다. 대화에 끼려 하다 번번이 타이밍을 놓친다. 아무렇지도 않은 척 TV 화면을 쏘아보며 헛기침을 하지만, 아! 외롭다.

이건 그래도 웃픈 케이스다.

남편 퇴직 전부터 대부분 부인은 자기방어를 시작한다. 어떻게 24시간을 같이 있어야 하나? 삼식이 남편은 단호하게 노! 나의 일주일 스케줄은 빠듯하다. 친구들과 브런치도 먹고, 문화센터에서 수업도 받아야 하고, 동창들과 철마다 여행도 가야 하고, 봉사활동도 빠지면 안 되는데. 비상이다.

퇴직 후 부부가 함께 있는 것은 엄청난 일상의 변화다. 신혼 이후 이렇게 붙어 있어 본 적이 없다. 몇십 년간의 고단한 삶에서 돌아온 그, 그녀를 위해 노란 손수건이 휘날려야 하는데 오히려 사방에 빨간불이 켜진다. 비상상황이다.

남편 또한 아내가 거슬리기 시작한다. 집안일이 어쩐지 질서와 효율이 떨어지는 것 같다. '집안이 왜 이리 지저분하지? 낮에 보니 사방에 먼지가 뽀얗구먼, 이 여자 게으르네. 허구한 날 집에서 뭘 하고 있었나?' 굼뜨고 제 몫 못하는 부하직원이 떠오른다.

잔소리가 시작된다.

지적이 싸움이 되고 반복된 싸움이 미움이 될 무렵 부부들은 나름의 평화를 추구한다. 그것은 무기한의 휴전과 타협이다. 공동의 삶을 깰 순 없고 적당히 협조하되 각자의 길을 간다. 밖에서 보면 아무 문제 없는 가정이다.

이럴 순 없다. 이제야 비로소 찐 만남이 시작되는데!

비폭력 대화를 시작하다

나 역시 퇴직 후 석 달을 못 갔다. 지금 생각해 보면 갈등이 촉발된 원인도 흐릿하다. 그런데 그것이 기폭제가 되어 해묵은 레퍼토리가 쏟아져 나왔다. 감정이 증폭되니 해서는 안 될 말이 오고 갔고, 해서는 안 될 생각까지 치달았다. 집안 분위기는 얼어붙었다.

코칭으로 배운 비폭력 대화가 떠올랐다. 배운 건 써먹어야지. 먼저 결혼생활 30년을 돌아보기로 했다.

첫 번째 단계로 그간 상대의 습관과 언어에서 거슬리는 점을 각자 적어 보기로 했다.

서로 교환을 하니 생각지도 못한 말과 행동에서 상처를 주고받고 있었다. 치사해서 표현만 못 했을 뿐 감정은 점점 쌓이고 곪아 있었다.

다음 단계로 그 말과 행동이 왜 나를 화나게 했는지, 나의 어떤 점을 건드렸는지 생각하고 서로 이야기했다. 대부분은 무시당했다는 느낌과 이해받지 못했다는 서운함이었다.

마지막으로 서로 요구할 것과 수용할 것을 말하고 노력할 것을 약속했다. 이 과정에서 상대의 비난이 의도적이기보다는 그저 무의식적 패턴이란 사실을 알게 되었다. 자연스럽게 오해는 줄어들었다.

싸움의 룰을 정하다

상대의 말과 행동으로 기분이 상했을 때는 묵혀 두었다 폭발하지 말고 그때그때 표현하기로 했다. 그래도 감정이 격해지면? 룰을 정했다.

첫째, 일단 집을 벗어나 동네 카페로 향한다.

둘째, 마주 앉아 3분씩 돌아가며 발언을 하고 이때 상대는 절대 끼어들지 않는다. 상대의 말이 끝나면 듣는 사람이 그 말을 요약해 준다.

"이렇다는 이야기?" 이 부분이 고비이다.

"내가 언제 그렇게 이야기했어? 당신은 항상 자기 맘대로 해석하고 화를 내고 있잖아. 지금도 똑같아!"

이 부분에서 가장 언성이 높아지니 카페로 장소를 옮긴 효과가 있다. 듣는 사람은 상대에 대한 오래된 편견과 자의적 해석을 멈추고, 말하는 사람은 자신의 의도가 정확히 받아들여질 때까지 주고받으며 대화한다.

"그럼, 이렇다는 말씀?"

"그래. 맞아"를 할 때까지.

마지막으로 각자의 감정과 요구 사항을 말한다.

장소를 옮기는 시간에, 순서를 지켜야 하는 대화에 어느덧 흥분은 가라앉는다. 그리고 어떤 경우에도 한이불 속에서 잔다. 적어도 석 달에 한 번씩 가벼운 나들이를 하며 서로 쌓인 것은 없는지 묻고 털어 버리는 시간을 가진다.

덧붙여서 서로의 꿈에 관해 이야기했다. 수시로 신념과 가치를 떠들어대는 나와 달리 진지한 이야기는 사절이었던 남편은 처음으로 가슴에 품고 있던 꿈을 조심스레 꺼냈다. 이런 대화가 처음이라니! 직원들에게는 "하고 싶은 게 뭐니? 앞으로 어떻게 살고 싶어?"를 수시로 물어보면서 말이다. 각자의 꿈을 존중하고 응원하기로 했다. 이 과정이 반년이나 걸렸다.

우리는 직장에서 일보다 관계의 어려움으로 고통받는다. 그것을 해결하기 위해 얼마나 많은 에너지를 쏟았던가? 직장에서 인간관계도 그렇게 노력하는데 왜 가장 소중한 짝꿍과 관계에는 소홀할까?

부부 관계는 적어도 10년마다 리모델링해야 한다

아파트만 리모델링하고 회사만 결산이 필요한 것이 아니다. 감정을 드러내고, 솔직히 요구하고, 상대에게 귀 기울이자. 갈등과 다툼이 일어나는 패턴을 알아차리고 멈추게 하는 새로운 방식을 찾자.

물론 아내와 언쟁에서 이긴 적이 없는 남편을 테이블에 앉히기는 쉽지 않다. 그러나 드라마를 보며 눈시울을 붉힐 때 즈음이면 가능성이 높아진다. 잘 구슬려 보자.

부부는 삶에서 어떤 존재인가?

데이비드 브룩스는 『두 번째 산』에서 남녀관계를 3단계로 설명한다. 서로에게 콩깍지가 끼는 이상화 단계. 콩깍지가 벗겨진 후 밥 먹는 얼굴을 신문지로 가려버리고 싶은 극단화 단계. 여기서 헤어지면 연인은 이별이고, 부부는 이혼이다.

그러나 극단화를 넘어서면 서로의 참모습을 사랑하고 수용하는 통합화 단계에 들어선다. 이상화를 지나면 극단화고, 극단화를 넘어서면 통합화다. 결혼했다 함은 통합화 단계에 들어선 것이다. 그러나 한 번 통합화 단계에 들어섰다고 해서 이것이 자동 연장되지는 않는다. 통합화는 극단화로 퇴보했다가 다시 통합화로 가는 구불구불한 길이다.

배우자의 퇴직은 극단화와 통합화의 갈림길이다

어디로 갈 것인가? 결혼생활의 유지를 위해 참고 회피할 것인가? 아니면 한바탕 푸닥거리를 하더라도 통합화의 길로 갈 것인가? 관계는 명사가 아닌 동사라서 살아 움직이는 생물 같다. 함께 살며 통합화와 극단화 사이를 넘나들던 우리는 퇴직 후 본격적인 통합화의 숙제를 마주한다. 한 번의 숙제로 끝나지는 않는다. 수시로 마주하고 대화해야 한다.

『이마고 부부 관계 치료』의 릭 브라운은 부부들이 갖는 잘못된 믿음에 대해 명쾌하게 이야기한다.

"우리는 아주 이상하게도 우리가 배우자를 오랫동안 열심히 비난하게 되면 결국 상대가 변하게 되어 우리의 욕구를 채워줄 것이라는 잘못된 믿음을 갖고 있다."

혹시 당신은 지금도 남편의 변화를 기대하며 열심히 비난하고 있는가? 같은 패턴의 대화를 열심히 하는 것은 오히려 상대의 귀와 마음마저 닫게 한다. 다툼의 순환을 끊기 위해서는 상대가 예상하지 않는 새로운 패턴으로 대화하자.

4.
생활방식
리모델링

"직원만족부 맞죠? 혹시 퇴직하는 직원들을 위한 퇴직 패키지 같은 것이 있을까요?"

퇴직을 앞둔 어느 날, 나는 퇴직 직원을 관리하는 부서에 기대 반 의심 반 전화했다. 돌아오는 대답은 그다지 만족스럽지 않았다. 기본적 정보는 제공되나 각각 케이스가 미묘하게 달라 통합된 정보는 없단다. 사례별 최적안은 개인이 알아서 해야 한다는 것이다. 이해는 되었다. 먼저 회사 문을 나선 선배들에게 도움을 청했다. 그러나 그들도 자신의 상황에 맞는 케이스만 조각조각 알고 있을 뿐 통합적 정보를 꿰고 있지는 않았다. 난감했다. 특히 퇴직 후 느닷없이 떨어지는 건보료 폭탄에 대한 소문은 불분명하고 흉흉했다.

인생의 빨간불이 켜졌다. 빨간 노트를 쓰자!

무엇부터 알아야 하나? 어디서 정보를 구하나? 전담 노트를 집어 들었다. 일명 '빨간 노트'. 연초만 되면 여기저기에서 주는 다이어리 중 하나였는데 우연히 내 눈을 사로잡았다. 그렇다. 퇴직은 인생의 중차대한 순간이다. 그리고 우리는 회사를 나서는 순간 명청이가 될 가능성이 크다. 이제 대신해 줄 부하 직원도 조직의 우산도 없다. 내가 스스로 공부하고 알아야 한다. 내 인생의 빨간불이 켜진 거다.

공부가 시작되었다. 온실을 나서면 알아야 할 것은 무엇인가? 놓치면 낭패를 볼 것은 무엇인가? 퇴직 후 바뀌는 생활에 대한 리모델링이 시작되었다.

먼저 공부한 것은 실손보험과 건강보험에 대한 것이다.

회사를 나갈 즈음부터 잦은 병원행이 시작된다. 직장생활을 하느라 참고 있었던 통증과 무뎌진 몸의 감각이 퇴직과 동시에 해결을 요청하며 아우성을 친다.

나는 은행을 나오자마자 수년간 끊어진 채 버텨왔던 발목인대 수술을 결심했다. 다행히 친구 따라 엉겁결에 가입한 개인 실손보험으로 병원비를 충당할 수 있었다. 퇴직 후 쏜살같이 날아오는 직장의료보험 해지와 지역의료보험 신규가입 통보는 어쩔 수 없이 받아들여야 한다. 다행히 충격 완화를 위해 3년간 이전 직장에서 내던 보험료를 납부하는 임의계속가입제도가 있다. 단, 퇴직 후 2개월 이내에 신청해야 이 제도를 이용할 수 있다.

혹시 피부양자 자격이 되는지 알아보자. 총자산과 연소득이 일정액을 넘지 말아야 피부양자가 될 수 있다. 내 경우 부부 공동소유로 되어있는 집과 퇴직 후 3년에 걸쳐 받는 이연성과급으로 인해 이것 또한 탈락이었다. 피부양자가 되기 위해 남편에게 주택지분을 넘길 수는 없지 않은가?

다음으로는 생활비 마련이다.

꼬박꼬박 통장에 월급이 꽂히는 일은 끝났다. 가진 돈을 잘 운용해서 큰 어려움 없이 생활비를 마련할 계획을 세워야 한다. 난 55세에 미리 개인연금 지급을 신청했다. 사적연금이 국민연금과 합산되어 종합과세대상이 되기 전에 지급받기 위해서였다. 지금은 사적연금이 건보료의 책정기준에 포함되지 않지만, 과세당국에서는 이것도 슬슬 넣으려고 할 것이다.

남아 있는 현금을 모아 월배당형 금융상품에 가입하거나 월세 나오는 수익형 부동산을 사는 것도 염두에 둘 수 있다. 퇴직 훨씬 전부터 금융상품에 관한 공부와 부동산에 대한 연구가 필요한 부분이다. 공부 없이 투자했다가 크게 낭패 본다. 투자에도 각자에게 맞는 궁합이 있다. 궁합을 맞추기 위해 이것저것 시도해 보고 수업료도 내보자.

주택연금도 좋은 대안이다. 부부 중 한 명이 55세 이상이고 주택가격 12억 이하일 경우 가능하다. 주택연금 신청할 때 자식 눈치 보지 말자. 그들이 부모 노후 챙길 것도 아니고 또 그럴 여력도 없다. 그런데도 괜히 자식들 동의를 얻어야 할 것 같은 이 기분은 무엇일까? 친구 부모님도 주택연금 신청하면서 장남에게 한동안 비밀로 했단다. 그러나 우리 세대는 다르다. 하고 싶은 대로 하자. 공시지가 높을 때를 노려서 신청하고 그 후 전세를 주고 실버타운에 들어가는 방법도 고려할 수 있다.

주택 다운사이징도 고려할 수 있다. 가장 간단한 생활비 해결책이다. 사는 집 규모를 줄이면서 자연스럽게 집안에 수북하게 쌓인 물건들을 당근에 나눔하고 단출하게 살자. 친구들은 자식들을 위해 주택을 줄이고 증여를 준비한다. 각자의 선택 사항이다. 단, 노후 파산의 위험도 고려하자. 자녀 증여를 위해서는 세금 관련 사항도 빠삭하게 공부하자. 전문가의 도움이 필요하다.

새로운 삶을 위해 새로운 공부를 하자

이제 생업을 떠났으니 한결 가볍게 평소 하고 싶었던 것을 배우자. 내일배움카드를 신청하여 흥미 있는 강좌를 듣는 것부터 시작하자. 누가 알겠는가? 이렇게 배운 것이 단순한 취미, 힐링을 넘어서서 새로운 직업이 될지? 최대 500만 원까지 학원비가 지원된다. 직업상담, 재무상담, 심지어 심리상담까지 제공된다.

중장년의 새출발을 지원하는 단체와 프로그램도 많다. 서울시 50 플러스 재단, 지자체의 평생교육원, 인생학교, 노사발전재단, 시민대학교 등등. 모르면 못 찾아 먹는다. 멀리 가지 않아도 동네 주민센터, 도서관, 종합복지관에도 가성비 좋은 프로그램들이 넘쳐난다. 현직에선 느끼지 못했지만, 대한민국은 엄청난 복지국가

이다. 이제 내가 낸 세금의 수혜자가 되어 보자. 배울 것도 많지만, 자신의 현직 경험을 살려 남을 가르칠 수도 있다. 내 동기는 은행 경력을 살려 재무상담사가 되었다.

『하버드 비즈니스 리뷰』 편집자, 브론윈 프라이어는 은퇴자들이 겪고 있는 현상을 '경력 폐경기'라 했다.

"우리 사회에 쏟아져 나오는 퇴직자들은 엄청난 경험과 지혜를 가지고 있다. 그러나 퇴직과 동시에 이 모든 자원이 폐기된다. 이것이 버려지지 않고 사회자원으로 다시 활용되게 하는 것은 사회자본, 세대통합을 위해서도 중요하다."

그의 주장에 격하게 공감한다.

에고! 이 밖에도 퇴직 후 생활을 리모델링할 것들이 참 많다. 특히 퇴직 후 날아오는 각종 경조사 비용은 고민거리 중 단연 일등이다. 높은 직급에서 퇴직한 사람일수록 이 비용은 커진다. 월 몇백이 넘는다는 분도 있다. 모임에서 나온 우스갯소리에 따르면, 이 돈으로 물가 싼 동남아에 가서 살면 생활비 하고도 남는단다.

나 또한 오랫동안 교류가 없던 지인으로부터 결혼이나 부고 안내가 불쑥 오면 난감하고 고민이 된다. 카톡 단체 문자로 뿌려지는 경조사에 누구를 챙기고 또 액수는 얼마나 해야 하나? 어떤 이는 경조사 가계부를 쓴다. 준 만큼 받고 받은 만큼 주겠다는 생각이 깔렸다. 그러나 난 기록도 기억도 하지 않는다. 대신 한 가지 원칙을 가지고 있다. 현직에 있을 때 그에게 고맙다는 말을 미처 못했고 그래서 밥 한번 사고 싶다면 아낌없이 봉투를 채우는 것이다.

나의 대소사는 선후배들이, 동료가 나와 같은 고민을 하지 않도록
조용히 치르겠다.

조직에 몸담았을 때만큼 정보와 의사결정 전략이 필요하다. 이
모든 것을 통합적으로 명쾌하게 알려주는 누군가 없을까? 퇴직을
코앞에 두고 이 모든 것을 정리하려면 버겁다. 남의 일 같을 때 관
심을 두고 조금씩 시작하자.

지금 당신은 퇴직 후를 생각하고 있는가?
그렇다면 빨간 노트를 사자.

5.
나 자신을
리모델링하기

"제일 좋은 노후 준비가 뭔지 알아? 회사가 등 떠밀더라도 버티고 벽에 똥칠할 때까지 붙어 있는 거야. 퇴직 준비니, 제2의 인생이니 말도 꺼내지 말자고."

언젠가 동료와의 식사 자리에서 진지하게 나온 말이다. 글쎄? 물론 경제적 측면에서 본다면 맞는 말이다. 그러나 언제까지 직장에서 떨어져 나가지 않으려고 안간힘을 쓸 수 있을까? 생각만 해도 초라해진다. 이런 사람은 회사에서 버티는 노력만큼 두 번째 인생을 생각할, 준비할 여력이 줄어든다. 이제는 받아들이고 나 자신을 리모델링해야 할 때다. 이것은 앞서 말한 관계 리모델링이나 생활방식에 대한 리모델링과는 다르다. 오랜 조직생활 탓에 가려져 있던 나 자신을 찾고 추슬러서 두 번째 산을 오를 준비를 하는 긴 여정이다.

앙코르 커리어

한마디로 이제는 '생업'이 아닌 내 인생의 '일'을 생각해야 할 때다. 마크 프리드먼은 『The Big Shift』에서 중년 이후의 인생 리모델링에 대해 이야기한다. 은퇴 후 길어진 여생을 한가하게 보내는 현상을 어떻게 봐야 하는가? 그가 말한 바로는 시간과 돈의 여유가 있는 액티브 시니어들은 목주름 제거, 모발 이식, 눈 밑 지방 제거 수술을 하며 잃어버린 젊음을 회복하는 데 매달린다. 노인이라는 꼬리표를 받아들이고 싶지 않은 그들은 후세대의 돈을 털어먹는 실버 쓰나미, 회색 지진으로 경멸의 대상이 될 수 있다고 프리드먼은 지적한다.

후세대의 국민연금을 털어먹고 있다는 따가운 눈총을 받고 있는 우리가 실버 쓰나미가 될 수는 없다.

"대규모 무위도식 집단으로 치부되는 이들의 재능과 경험이 낭비되지 않고, 삶의 책임에서 벗어난 시기에 학습과 성장을 추구하며 사회에 공헌할 수 있어야 한다."

소위 '앙코르 커리어'이다. 우리의 시간, 경험, 기술을 통합하여 두 번째 일로 삼을 수 있는 것은 무엇일까? 재미와 의미를 겸비한 일 말이다.

이제는 나 자신을 리모델링하자. 얼굴 말고 내 삶을 리모델링하자. 고 이어령 선생의 말씀이 떠오른다.

"내 것인 줄 안 모든 것이 선물이었다."

직접 뵙진 못했지만, 선생님께 다짐한다.

"이제 저도 받은 것을 돌려주는 삶을 살아 보겠습니다. 적어도 실버 쓰나미는 되지 않겠습니다."

내가 찾은 길, 방향만 맞으면 멈춤 없이 갈 수 있다

나에겐 코칭 공부가 퇴직 준비이자 삶의 리모델링이 되었다. 리더십 체인지가 원래 목적이었으나 퇴직 후 바로 코치의 길로 뛰어들 수 있었다. 물론 전문 코치로 가는 길은 내 앞에 펼쳐진 고속도로가 아니었다. 코칭 기회를 잡기 위해 나를 브랜딩하고 마케팅하는 것은 신입 사원의 길을 다시 걷는 것과 같았다. 이미 업계에서 자리 잡고 바쁘게 뛰는 코치들을 구경만 하면서 나에겐 쉽게 오지 않는 기회에 초조해졌다.

그즈음 파커 J. 팔머의 『삶이 내게 말을 걸어올 때』에 나오는 구절이 떠올랐다. 나는 내 길을 맞게 가고 있는가? 아무리 가치와 의미가 있는 일이라 하더라도 그것이 나의 본성, 성향과 맞는가? 그렇지 않다면 우울과 소진을 경험하게 된다는 데 지금 나의 상황이 그런 것일까? 팔머의 말처럼 내면에서 밖으로 뻗어 나간 게 아니라 바깥 세계에서 안으로 밀려들어 온 가치를 그대로 수용하면서 남의 인생을 흉내 내는 고상한 길을 찾은 것에 불과한 것일까?

이런 생각이 올라오자 나는 제주도로 한 달 살이를 떠났다. 제주의 오름과 곶자왈을 쏘다니며 마음을 정리하고 상경했다. 그래. 더디지만 멈추지 않고 가보자. 직장에서처럼 달성해야 할 실적이 있는 것도 아니고 누군가에게 증명해야 할 것도 없는데 뭐 그리 급할 게 있겠는가?

이 길을 위해 배워야 할 것이 산더미다. 사람의 마음을 이해하고 변화를 도와주기 위해서 새로 알고 공부할 것이 이렇게 많을 줄이야! 정신역동, 마음이론, 뇌과학, 양자역학, 의식성장, 영적연구까지… 내 마음이 고요해야 남을 코칭할 수 있기에 결국 현존명상까지 하고 있다. 코칭으로 돈 버는 것보다 더 많은 돈을 쓰고 있다.

가장 어려운 일은
열심히 하는 것이 아니라 멈추지 않는 것

평생 읽은 책보다 더 많은 책을 읽고 학습한다. '배움은 감정이다'라는 말이 있다. 우리가 관심을 둘 때 무서운 속도로 배운다는 의미다. 나는 왕성한 호기심으로 순서와 깊이를 가리지 않고 만나는 책마다 빠져든다. 그런 나를 보고 남편은 좀 걱정이 되는 모양이다. 책의 제목을 보면서 야릇한 표정이다. 이상한 데 빠지는 거 아니야? 딱 이런 표정이다. 하지만 어떠랴. 시간도 많고 재미도 있다. 죽을 때까지 배우는 일이 코치의 삶이다. 어느 책에서 본 문구가 생각난다.

"우리가 실패하는 것은 노력이 부족해서가 아니다. 도중에 멈추기 때문이다."

퇴직을 앞둔 후배들에게 하고 싶은 말이 있다. 즐거움과 보람을 느끼면서 에너지가 소진되지 않는 분야의 활동은 무엇인가? 퇴직 전 미리미리 생각하자. 지나온 각자의 삶에 힌트가 숨어있다. 가려 져 있던 내 본성과 성향은 무엇일까? 방향이 정해지면 준비는 자연스럽게 따라온다. 지금 바로 그 일에 발을 담그자. 퇴직 후 두 번째 인생을 위한 나 자신의 리모델링이 이미 시작된 것이다.

6.
나는 내 나이가
참 좋다

"어? 내가 중년 여성이 아니네!"

퇴직 후 지자체에서 운영하는 중년 여성을 위한 프로그램을 등록하려 하는 중이었다. 그런데 자세히 보니 나이 제한이 있었다. 64년생까지였다.

자신을 중년 여성이라 생각하며 살고 있었다. 사회통계학적으로 중년의 기준이 64년생, 즉 60세까지인가 보다. 그럼 나는 뭐지? 나는 아직 건강하고 활동적이고 더구나 손주도 없는데, 이제 노년인가? 나름 충격이었다.

그러다 몇 년 전 진짜 중년일 때 읽은 메리 파이퍼의 『나는 내 나이가 참 좋다』가 생각났다. 여성을 돕는 심리치료사로 일해 온 그녀는 책을 쓸 당시 60대 후반이었다. 그녀는 동년배 여성들이 모든 면에서 퇴보와 상실을 경험하는데도 불구하고 젊음과 활력을 유지하면서 충만하게 삶을 꾸려 나가는 이야기를 소개하고 있다.

중년 이후는? 젊은 노년과 늙은 노년

그 책에서 발달심리학자인 버니스 뉴가튼은 노년을 두 가지로 구분한다. 젊은 노년과 늙은 노년.

"하고 싶은 일을 거의 다 하며 지낼 수 있는 한, 우리는 나이와 관계없이 젊은 노년에 속한다. 하지만 건강이 약화돼 삶의 방식을 바꿀 수밖에 없는 시점부터는 늙은 노년에 진입한다고 봐야 한다."

중년은 나이를 기준으로 구분하지만, 젊은 노년과 늙은 노년은 건강 상태가 기준이 된다. 나이 드는 것을 피할 수 없겠지만, 사람에 따라 가속 노화인 경우와 감속 노화인 경우가 있다. 요즘에는 8, 90대를 훌쩍 넘긴 나이에 젊은 노년을 유지하고 있는 분들이 많다. 가천대 이길녀 총장은 90세가 넘었지만 확실하게 젊은 노년이다. 나보다 피부가 탱탱하고 지금까지 골프를 즐기신단다. 퇴직 후 더 많은 책을 썼다는 104세 김형석 교수도 감속 노화의 사례이지 않을까? 이분들은 끝까지 늙은 노년을 경험하지 못할 것 같다.

그렇다면 젊은 노년을 좀 더 오래 유지하려면 어떻게 해야 할까? 나는 메리 파이퍼의 책을 읽으며 내 노년의 삶을 몇 가지 기준으로 정해 보았다.

모든 상실은 관계로서 위로받고 치유될 수 있다

이제 육체의 상실, 관계의 상실이 우리를 기다리고 있다. 허리가 아프고 무릎 관절에 통증이 시작되고 기억력도 크게 감소한다. 부모님께서 돌아가시고, 형제자매가 떠나고, 엊그제 함께 점심 먹던 지인의 갑작스러운 사망 소식도 듣는다. 최악은 배우자의 사망이다. 그렇게 차례로 사랑하는 사람들을 잃어가고 그때마다 충격과 비탄에서 쉽게 빠져나오지 못한다.

메리 파이퍼는 이런 상실의 와중에서도 우리는 서로 연대할 수 있다고 말한다. 시간을 달리해 찾아오는 각종 상실의 슬픔은 함께 있어 주는 친구들의 존재와 위로에서 서서히 회복되어 간다.

그래서 나는 퇴직 후 동창들과 만남을 제일 소중히 여긴다. 몇십 년을 같이한 회사 동료보다 비록 오랜 공백이 있었지만, 다시 만난 어릴 적 친구들이 좋다. 재회하자마자 서로의 상실을 토로한다. 우린 함께 아파하고 위로한다. 이들과 관계는 나의 노년을 풍요롭게 해준다.

남편과는 '따로 또 같이'

나는 부부 관계에서 '따로 또 같이'를 주장한다. 낮에는 열심히 각자의 일, 취미, 관계를 즐기고 저녁에 만나 서로의 경험담을 나누는 것이다. 물론 여행은 함께하지만 말이다.

반면 퇴직 후 갈수록 관계망이 줄어들며 '같이 또 같이'를 부르짖는 남편은 바쁘게 들락날락하는 나를 서운한 표정으로 지켜본다. 내 친구들 남편도 예외 없다. 갈수록 줄어드는 관계로 아내의 커뮤니티에 슬쩍 끼어들려고 호시탐탐 노린다. 어림없다. 때때로 관용을 베풀기도 하지만 자신의 문제는 스스로 해결해야지. 아쉬우면 집돌이를 벗어나 관계 시냅스를 새로 만들란 말이다. 어차피 늙은 노년에는 마지막까지 서로 돌보고 의지해야 하는 평생 절친, 애증 파트너인 남편은 이 기간에 좀 소홀해도 괜찮다. 남아 있는 시간이 꽤 된다.

늙으신 부모님, 이제는 거리 두기가 필요하다

우리 삶에 늙으신 부모님을 돌보는 것이 점점 큰 짐으로 다가온다. 늙은 노년에 들어선 지 오래인 부모님은 이제 걸음도 자유롭지 못하고 시시각각 약해지고 있다. 지켜보는 자식으로서 안타깝고 속상하다. 젊은 노인이 늙은 노인을 돌보는 세상이다. 서로가 경험해 보지 못한 길을 가고 있다. 그러나 우리도 이제 노인이다. 삶의 과제와 책임에서 겨우 벗어난 이때가 우리 황금기다. 대략 이 황금기는 15년 정도, 60세에서 75세까지란다. 이 황금기에 부모 돌봄에만 발이 묶일 수는 없는 노릇이다.

친구들과 만나면 화제 중심이 단연 부모 보살피기다. 부모 건강에 관해 얘기를 나누고 요양원과 돌봄서비스 정보를 교환한다. 부모 치매까지 경험하는 친구들의 하소연은 끝이 없다. 일찌감치 부모님을 먼저 보낸 친구들을 부러워한다. 죄스러운 마음에 한껏 소리를 낮춰가며 말한다.

"야, 너는 좋겠다. 그래도 길게 아프지 않고 편안히 가셨잖아. 복이다. 복!"

솔직히 부러울 뿐이다.

내 친구들은 대부분 홀로 남은 어머니를 돌보고 있다. 나를 포함해 어머니에 대한 감정은 참 복잡하다. 나날이 약해지는 모습에 속상하면서도 과거 속에 갇혀 사시는 어머니를 보면 안타까움이 짜증으로 바뀌기 일쑤다. 이제는 어머니와 심리적인 거리를 유지하는 게 좋을 것 같다. 어머니의 늙음과 과거 고생은 나의 숙제가 아니다. 오히려 거리감을 지키며 감정을 내려놓을 때 좋은 관계, 좋은 대화를 할 수 있다.

이제는 남의 자식 보듯 하자

자식 문제에서도 좀 떨어지자. 남의 집 자식 보듯 하자. 결혼하든 말든, 아이를 갖든 말든, 취업하든 창업하든, 이젠 좀 무심해지자. 모든 건 그들의 선택이다. 우리보다 똑똑한 그들이다. 믿고 물러서 있자. 이제 자녀의 숙제는 나의 숙제가 아니다.

돈 약속도 하지 말자. 잘못하면 100세를 넘길 수도 있는데 내 호주머니 돈을 함부로 쓰지 말자. 손주 봐 주겠다고 함부로 약속하지 말자. 내 척추와 관절을 아끼자. 자식은 도둑놈, 손주는 좀도둑, 며느리와 사위는 날강도라는 우스갯소리도 있다. 내 인생, 내 돈은 소중하다.

건강! 1순위가 아닌 0순위

"건강은 이제 1순위가 아니야. 0순위지."

얼마 전 모임에서 만난 70대 중반의 몸짱 코치님이 침 튀기며 강조한 말이다. 백 프로 공감한다. 나도 감속 노화를 위해 운동과 건강한 식사를 1순위가 아닌 0순위로 두기로 했다.

현직 때 달고 다녔던 지방간, 고지혈증, 고콜레스테롤은 퇴직하니 사라졌다. 비록 디스크 파열을 겪은 후 요추 4번과 5번이 가끔 뜨끔하고, 한쪽 무릎이 시큰해서 더는 높은 산을 오르지 못하고, 가족력 때문에 당뇨 전 단계를 왔다 갔다 하고, 혈관 나이가 70대라고 하지만 괜찮다. 운동을 밥 먹듯이 하며 0순위로 두고 살겠다.

노년의 일, 그리고 오티움

나는 코치의 길 중에서도 공익 코칭 쪽으로 관심을 두려 한다. 조금 더 힘든 사람들, 스스로 일어나기에 자원이 부족한 사람들, 코칭비를 내기도 버거운 사람들을 만나는 것을 우선순위로 하겠다.

퇴직 이후 시작한 그림 공부도 손 떨릴 때까지는 꾸준히 해보련다. 정신과 의사인 문요한 선생님께서 알려준 오티움! 오티움은 완전한 몰입의 상태란다. 어떠한 거룩한 목표나 큰 의미가 없어도 그 시간을 온전히 빠져 몰입할 수 있는 활동이다. 손바닥만 한 정원을 철마다 헤집고 뒤집을 때도 땅과 식물과 물아일체가 된다. 이 또한 오티움이다.

아! 젊은 노년이 되니 자유를 얻고 할 일도 많고 즐거움이 많다. 워킹우먼때의 실수와 아쉬움은 다 날려버리고 이제 뒤돌아보지 않고 현재를 살겠다.

나는 내 나이가 참 좋다!

내 인생을 삼등분하면 태어난 원가족과 함께 한 24년, 직장생활을 시작하고 지금 가족을 이루며 퇴사하기까지 34년, 그리고 이제 막 시작한, 기간을 알 수 없는 나머지 삶이다. 이 중 두 번째 기간인 직장생활의 기억과 경험은 매우 강렬했다. 또한 지금 내 모습을 만드는 데 단연코 가장 큰 영향을 미쳤다. 이런 이유로 애초에 나는 직장생활에서 내가 놓친 것들을 후배들에게 전하고 싶어 펜을 들었다. 그러나 글을 쓰다 보니 퇴직 무렵의 마음가짐과 준비사항까지 욕심을 내게 되었다. 워킹우먼들이 언젠가 맞이할 새로운 삶이기 때문이다. 나 또한 이제 막 길을 떠났지만, 고민과 준비는 빠를수록 좋다는 생각이다.

여성으로 산다는 것, 특히 워킹우먼으로 산다는 것은 지나고 나니 참 쉽지 않은 여정이었다. 알게 모르게 존재하는 수많은 제약과 틀 속을 정글처럼 헤쳐 나갔던 직장생활이었다. 다양한 상황과 사람들과 함께했던 경험은 한가지 결론을 남겼다. 직장생활을 구성하는 '업무와 관계'라는 양 날개는 결국 '좋은 관계 형성'이라는 하나의 과제로 통합된다는 것이다. 그리고 좋은 관계 형성은 여유, 기다림, 솔직한 감정표현, 유머, 웃음, 배려, 협조, 신뢰, 감사함으로 이루어짐을 알았다. 이 덕목들은 어느 책에서 본 미 해군의 역사상 가장 유능한 사령관들의 특징과 중첩된다. 타인과 좋은 관계 형성은 자신이 성숙, 성장하는 길이기도 하다. 그러니 워킹우먼은 일만 하지 말아야 한다. 수시로 의자에서 엉덩이를 떼고 일어나 돌아가는 상황을 조망하고 사람들과 관계해야 하고 그러면서 배우고 성장해야 한다. 나의 경험이 워킹우먼들에게 조금이라도 도움이 되길 바라며 그들의 남아있는 워킹을 힘껏 응원한다. 이 책을 삼십여 년 전의 나에게 선물하고 싶다. 지금 아는 것을 그때 알았었다면.

퇴직한 선배언니의 똥 볼 찬 이야기

워킹우먼, 일 하지 말자

초판 1쇄 2024년 10월 04일 발행

지은이 윤설희

펴낸이 김용환

디자인 김유린

발행처 ㈜작가의탄생

출판등록 제 2024-000077호

임프린트 인생산책

주소 18371 경기도 화성시 병점노을5로 20 골든스퀘어2 1407호

대표전화 1522-3864

전자우편 we@zaktan.com

홈페이지 www.zaktan.com

ISBN 979-11-394-1927-6 (03810)